PRODAVNICA STARIH STVARI

SANJA TRNINIĆ

PRODAVNICA STARIH STVARI

Globland Books

Sunčan oktobarski dan pokazao je sve svoje čari. Bilo je veoma toplo za to doba godine, a predivne jesenje boje mamile su osmehe na lica prolaznika. Blagi vetar nosio je lišće kao da pleše sa njim. Prolaznici bi, gazeći lišće, svaki put stvarali novu melodiju.

Sara je čistila svoju prodavnicu starih stvari. Pre dve godine, kada je ostala bez posla u firmi koja se bavi vođenjem poslovnih knjiga, rešila je da započne sopstveni posao. Nije bilo lako odabrati čime će se baviti jer je grad bio prepun prodavnica svih vrsta, a nije želela da nastavi da se bavi knjigovodstvom. Dvadeset godina rada u toj oblasti bilo je sasvim dovoljno i već neko vreme je želela promenu. Šetala je gradom, svojim rodnim Pančevom, razmišljajući šta bi mogla da radi. Tokom te šetnje, ispred jedne kuće je videla izbačenu staru komodu predivnog oblika, pravljenu od punog drveta. Pomislila je da bi bilo dobro da otkupljuje takve stvari, restaurira ih i prodaje. Ideja joj se dopala, pa je pokucala na prozor te kuće. Otvorila joj je jedna bakica.

— Dobar dan! Izvinite, da li je ovo Vaša komoda?

— Jeste, što pitate? Ne mogu sama da je nosim na otpad, valjda će je odneti neko.

— Meni se jako dopada. Mogu li da je kupim? — Sara je upita strahujući da joj baka neće prodati komodu.

Pre nego što je bilo šta rekla, baka se nasmejala.

— Da je kupiš? Pa to ne vredi ni pola dinara, nosi je slobodno.

Odmahivanjem ruke, baka je pokazala zadovoljstvo jer se rešila te starudije. Sad više ne mora da brine kako da je ukloni.

— Hvala Vam! Odmah ću pozvati brata da dođe da je prevezemo.

Sarino srce je skakalo od sreće što je dobila

tu komodu i što je njen brat Goran pristao da dođe i preveze komodu. Nije mogla da prestane da se smeška ni da sakrije iskrice koje su vrcale u njenim očima željne da eksplodiraju u vazduh i osvetle na trenutak sve što je okružuje.

— Opet si nešto smislila — nevoljno je rekao Goran kad je došao. On je bio četiri godine mlađi od Sare. Iako su se mnogo lepo slagali i voleli, Gorana je mrzelo da radi stvari koje mu ne pričiinjavaju zadovoljstvo. Uprkos tome, sestri nikad ne bi ništa odbio.

Dok su bili mali, često su ostajali sami. Sara, pošto je bila starija, imala je zadatak da brine o bratu. To i nije bilo baš tako jednostavno zato što je Goran bio pravi nestaško. Jednom prilikom se posekao britvom. Uzeo je tatinu britvu nameravajući da napravi praćku. Nevešto je baratao britvom i odjednom je sečivo odletelo ka prstu, a krv je šiknula. Počeo je da plače. Sara, iako preplašena, zadržala je smirenost i uzela komad vate koji je stavila na ranu. Znala je da treba da pritisne nečim kako bi zaustavila krv, ali nije znala čime. Vata se ulepila i mama ju je jedva skinula kad je došla kući. Krvarenje je zaustavljeno, a Sara je bila ponosna što je pomogla bratu iako su oboje dobili batine zbog njegovog nestašluka.

Posle desetak minuta, videla je da joj se približava Goran u svom karavanu. Parkirao se kraj nje i izašao iz auta. U ustima je imao cigaretu. Pokušavao je nekoliko puta da prekine, ali bezuspešno. Imao je opel astra karavan koji je već dosta toga prevezao i mnogo mu je značio za posao. Bavio se stolarstvom i pravio nameštaj po meri. Odmah pored kuće, u kojoj je živeo sa majkom, ženom i sinom, kupio je plac na kome je sagradio radionicu i veliki magacin gde je držao materijal. Radio je to već pet godina i bio je zadovoljan kako posao napreduje. U početku je radio sam, a onda je uposlio dva mladića da mu pomognu. Bio je dobar poslodavac i radnici su bili zadovoljni uslovima rada i platom.

Njen brat je lep, visok čovek sa kojim kilogramom viška. Nekim svojim pokretima podsetio bi je na njihovog pokojnog oca. Tada bi joj neka tužna sena prekrila lice, ponekad bi joj zastala reč u grlu kada bi se javio na telefon očevim glasom. Volela je svoje roditelje, ali je posebno bila vezana za oca koji je iznenada umro pre tri godine. Bol je bila jaka kao i prvog dana. Neki ljudi kažu da vreme leči, ali to mogu da pričaju samo oni koji nisu izgubili voljenu osobu. Vremenom se čovek samo navikne da živi sa tim, bol ne prestaje. Želela je na razne načine da sačuva uspomenu na oca. Čuvala je, pored njegovih slika, časopise koje je čitao, pažljivo obeležavao ono što mu je bilo važno. Zatim, tu su njegove sveske u kojima je beležio kad šta treba da se poseje i kako da se neguje. Mnogo njegovih sitnica koje nikome više nisu trebale, njoj su značile. Čuvajući ih, na neki način je sačuvala deo njega.

Goran je izašao iz kola i osvrtao se oko sebe tražeći šta njegova sestra želi da ponese u svoj, već prepun, stan. Često bi se našalio sa njom da je kao hrčak i da je po tome nalik ocu jer je i njemu svašta trebalo. Sara mu se nasmejala praveći grimasu devojčice koja želi samo još ovu lutku da joj kupe.

— Šta si sad našla, šta nosimo?

— Ovu komodu — pokazala je rukom

smeškajući se i trepćući svojim lepim okicama. Znala je da brat neće odbiti da joj pomogne.

— Gde ćeš ovo da smestiš? Pa, ti nemaš mesta za iglu u stanu.

— To će privremeno da bude kod tebe, dok ne otvorim svoju radnju.

Gledala ga je nežno očekujući njegov odgovor.

— Ti si pravo čudo!

Nasmejao se svojoj dragoj sestri i počeo da razmišlja kako da ubaci tu starudiju u auto. Baka, koja je sve vreme gledala kroz prozor, poslala je svog unuka da pomogne Goranu koji je već navikao na čudne ideje svoje sestre, tako da nije bio mnogo iznenađen idejom o prodavnici. Kada je komoda natovarena, Sara sede u auto pored brata. Srećna, poljubi ga u obraz, a on okrenu ključ i krenuše ka njegovoj kući.

* * *

Pripreme oko otvaranja radnje išle su planiranim tokom. Lokal je iznajmila u centru grada, blizu parka, gde su Pančevci često boravili sa svojim najmilijima. Bio je to manji prostor, ali za početak će odgovarati. Ako posao krene kao što je zamišljala, lako će uzeti veći prostor. Kirija nije bila velika, što joj je dobro došlo jer će joj ostati više novca za kupovinu starog nameštaja. Od kad je počela da radi, uvek je neki dinar stavljala sa strane, znala je da će joj jednog dana zatrebati. Nije bila od onih koji celu platu potroše na garderobu i izlaske. Pomagala je i svojima kada je to bilo potrebno.

Lokal je sama okrečila i kad je bio sređen počasno mesto je dobila komoda koju je do tada već sredila. Bila je predivna, sveže lakirana i sjajna. Njenoj sreći što započinje svoj posao nije bilo kraja. Obuzeo ju je ogroman ponos kada se iznad vrata pojavio natpis:

SARIN KUTAK
Vlasnik Sara Stefanović

Ispred radnje je stavila dve betonske žardinjere sa zimzelenim biljkama. Zidove oko izloga oslikala je starim predmetima koji su bili lepa reklama za ono što prodaje unutar radnje.

Kako je obožavala plavu boju, unutrašnje zidove je okrečila tom bojom, a radnja je mirisala na vanilu, cimet i lak kojim je bio premazan svaki restauriran komad nameštaja.

Sada je trebalo nabaviti još stvari. Uključila je svoj laptop i počela da traži po internetu stare stvari. Iznenadila se koliko ima lepih komada nameštaja koje ljudi više ne žele. Neke je kupila, a neke su joj poklonili, samo da ih se reše. Ubrzo, radnja je bila puna i trebalo se pozabaviti reklamom, uraditi vizitkarte. Radila je sa puno ljubavi uživajući u pravljenju planova. Bio je petak, pred kraj radnog vremena, kad joj je zazvonio telefon u radnji.

— Sarin kutak, izvolite! — veselo je izgovorila sa prizvukom ponosa u glasu dok izgovara naziv svoje radnje. Dugo je razmišljala kako bi nazvala svoju radnju, a onda joj odjednom pade na pamet naziv koji radnja sada nosi.

— Dobar dan! Da li otkupljujete stari nameštaj?

— Da, iako mi je radnja prepuna. Šta imate da prodate? — nije mogla tek tako da ga odbije, možda ima neki lep komad nameštaja.

— Gospođa Todorović, moja majka, prodala bi svoj stari pisaći sto. Ako želite, mogu Vam poslati slike stola.

— To bi bilo divno. Daću Vam mejl adresu, pa mi pošaljite slike. Napišite mi i kontakt telefon da bih mogla da Vam se javim.

Završi razgovor i poče da se vrti po radnji kako bi našla mesto za još jedan komad nameštaja. Iz razmišljanja je trže zvuk sa laptopa koji je obaveštavao da joj je stigao mejl. Odmah sede za sto i otvori poruku. Bio je to lep pisaći sto u boji tamne mahagonije. Predivne izrezbarene šare govorile su o velikom umeću stolara koji ga je pravio i imao je sa obe strane po dve fioke. Sari se mnogo dopao sto i odmah je pozvala čoveka da kaže da će ga kupiti. Posle par zvona on se javi.

— Dobar dan, ovde Sarin kutak, Sara je kraj telefona. Pogledala sam slike stola i htela bih da Vam kažem da ću ga kupiti.

— Odlično. Mogu li ujutru da ga donesem?

— Naravno, u radnji sam od pola osam.

Sara spusti slušalicu i zadovoljno se

osmehnu. Bila je sigurna da će naći mesta za taj sto.

* * *

Ujutru je, kao i obično, došla petnaest minuta ranije. Skuvala kafu, otvorila širom prozor i vrata, pa sela da na miru popije kafu. Nije svakodnevno imala prodaju, ali ljudi su ulazili da pogledaju, pitaju za cenu, sete se da su baš takvu vitrinu i oni imali. Onda bi joj dugo pričali neke događaje iz tog perioda što bi je, uglavnom, zabavljalo. Toliko priča je čula da bi mogla knjigu da napiše. Međutim, bilo je i onih ljudi koji mnogo smaraju sa svojim pričama, ali trudila se da i prema njima bude ljubazna. Ko zna, možda će baš taj neko biti sledeći kupac.

Čitala je pristigle mejlove kad je neko pokucao na vrata. Podigla je pogled sa monitora i skinula naočare.

— Dobro jutro! — veselo je pozdravi mladić kada je ušao u radnju. Imao je lepe crte lica i neki vragolasti pogled, smeđu kosu i oči iste boje. Odmah joj je bio nekako drag, kao da ga zna godinama.

— Dobro jutro! Vi ste sigurno Nikola i donosite mi onaj predivan sto?

— Da, ja sam. Kako ste pogodili? — nasmeja se mladić.

— Niko mi ne dolazi ovako rano u radnju.

— Izvinite ako sam došao suviše rano.

— Ne, taman posla, samo izvolite. Unesite sto, a ja ću da skuvam kaficu. Sto možete staviti tamo, u desni ugao, kraj izloga. Samo pazite na mog Bendžamina — reče napravivši strogu grimasu. Mislila je na fikus koji je stajao u izlogu. Cveće je obožavala i nije dolazilo u obzir da negde ne smesti voljenog Bendžamina, filadendron i palmu. Tek kada je njima našla mesto, prešla je na razmišljanje o radnom stolu i malenoj polici za registratore. Njen stan je bio prava cvetna oaza. Uživala je dok je brisala prašinu sa svakog listića, dok bi drugi ludeli zbog tog posla. To joj je bila kao antistres terapija.

Skuvala je kafu u malenoj kuhinji koja je bila odmah iza izložbenog prostora i krenula ka Nikoli. Miris divne, crne kafe brzo ispuni prostoriju i Nikola, ušavši u radnju, pošto je izašao da bi zaključao auto, duboko udahnu poznati, očaravajući miris zatvorivši oči dok mu je osmeh titrao na licu.

— Obožavam kafu! Ah, kako lepo miriše! Rekao bih da pravite baš dobru kafu.

— I ja je mnogo volim, pogotovo ujutru. Da li je dobra, sami ćete oceniti.

Seli su za radni sto i uz veselo ćaskanje uživali su u ispijanju kafe. Ispričao joj je kako živi na majčinom imanju, nedaleko od grada. Majka je jedna od onih starih imućnih gospođa sa finim gospodskim manirima. Još njeni roditelji su imali ogromno bogatstvo. Pored imanja su imali na hiljade hektara šume. Majka je, kao jedino dete, sve to nasledila. Udala se za čoveka kojeg nije volela jer je to bio brak koji su njihovi roditelji ugovorili, a muž joj je mlad umro. Nikola je imao desetak godina kad mu se otac razboleo od karcinoma i umro. Baba i deda behu umrli par godina pre njegovog oca, tako da su on i majka ostali sami na tom velikom imanju.

— Hvala Vam na kafi, zaista je bila divna. Sad bih morao da krenem.

— Hvala što ste baš meni ponudili ovaj sto. Predivan je! Pozdravite majku, možda bude prilike da se upoznamo.

— Svakako će biti prilike. Biće srećna kad joj prenesem Vaše utiske o stolu — namignu joj Nikola, pozdravi je i ode, sede u svoj audi i odjuri.

Baš je zanimljiv i drag ovaj mladić. Bilo bi to lepo prijateljstvo, ali ne mogu da budem nametljiva. Dopao mi se i to će tako ostati. Možda njegova majka bude želela da proda još neki komad starog nameštaja. Nikad se ne zna, možda ovaj susret nije slučajan. Ako sam ja njemu samo neko sa kim je ispunio slobodno vreme, šta da se radi. Nije dužan svako ko uđe u radnju da mi bude prijatelj. Nikola je bio ljubazan i nije odbio ponuđenu kafu.

Rešila je da odmah pregleda sto, obriše ga od prašine i vidi da li bi trebalo nešto da se popravi ili prefarba. Na prvi pogled, sve je bilo u redu, nije bilo čak nijedne ogrebotine, kao da sto nije ni korišćen, samo je malo izgubio sjaj. Mogla bi da ga prelakira. Fioke su bile lepo izrezbarene i lako su se otvarale. Pažnju joj privuče ključaonica na jednoj fioci. Pokušala je da je otvori, ali nije uspela. Pozvaće brata da joj pomogne da ne bi oštetila fioku.

— Dobro jutro, batice!

— Dobro jutro, sekice! Baš si poranila. Gde gori kad me zoveš pre jutarnje kafe? — sanjivo upita Goran iako je već bio u radionici. Pre jutarnje kafe je bio neupotrebljiv.

— Znaš da je hitno, čim te sad zovem. Kupila sam jedan stari pisaći sto. Očuvan je kao da nije korišćen. Jedna fioka je zaključana, ali ne bih se usudila sama to da otvaram, ne želim da je uništim, a poznata sam po tom talentu. Hajde, molim te, dođi da mi to otvoriš.

— Dobro, dolazim. Samo da popijem kafu.

Uzela je krpu i počela da briska druge stvari kako bi joj brže prošlo vreme. Zalila je svoje cveće, uzela poštu i još jednom pogledala mejlove. Taman je ustala od stola razmišljajući šta još treba da uradi, kad začu Goranovog dizelaša. Istrča iz radnje i zagrli ga, na šta se on nasmeja i uzvrati zagrljaj. Uvela ga je unutra i odmah odvela do stola nestrpljivo čekajući da ga otvori.

Goran je otvorio svoju torbu sa alatom koju je uvek nosio u kolima i počeo da zvecka tražeći odgovarajući. Nakon par minuta izvadio je neki alat i klik-klak, otvorio fioku. Istovremeno pogledaše njen sadržaj. Bilo je puno nekih dokumenta, lepih olovaka, ispod tih papira ugledala je rokovnik čije su korice bile od braon kože. Uze rokovnik i poče ga pažljivo posmatrati kao da je našla ogromno blago. Čak i Goran je bio zainteresovan, ali nije smeo ništa da pita. Videvši da je njegova sestra omađijana time, samo se pozdravio sa njom uz obećanje da će je kasnije nazvati i ostavio ju je u nekom drugom, misterioznom svetu.

Držala je knjigu u ruci kao najveće blago, kao da će se raspasti ako je ne bude pažljivo držala. Uvek je zamišljala kako nalazi sveske ispisane životnim pričama nepoznatih ljudi. Nije još ni znala sadržaj rokovnika, ali osećaj joj je govorio da će otkriti nešto jako važno. Pažljivo je otvorila rokovnik i već na prvoj strani ugledala divan ženski rukopis. Reči su se nizale pisane penkalom, pisanom ćirilicom.

Sadržaj je podsećao na dnevnik, što je Saru navelo da se seti svog prvog dnevnika. Kada je pročitala *Dnevnik Ane Frank* i sama je počela da piše dnevnik. Mada, ne baš sve što joj se dešavalo, smatrala je da ipak neke stvari treba sačuvati samo za sebe. Prvi dnevnik bio je o njenoj, tada velikoj ljubavi, Marku. Bila je u vezi sa njim osam godina i volela ga je više nego sebe. Kasnije je taj dnevnik dala njemu da čita i od onda ne zna kakva je sudbina zadesila njen dnevnik. Da li je još kod njega ili je bačen? Ionako, to više nije bilo važno. Nedavno je otkrila talenat za pisanje i počela da piše priče. Prošlog meseca je zamislila odličnu priču koju je želela da pretoči u roman. Možda će joj ovaj dnevnik dati nove ideje za roman ili će moći da iskoristi njegove delove za svoju priču.

Još neko vreme je posmatrala dnevnik želeći odmah da zaviri u ono što se nalazilo između korica. Međutim, imala je posla u radnji, pa je odložila čitanje jer nije želela da je neko prekida. Čitanje će ostaviti za uveče, kada se udobno smesti u fotelju, tada joj ništa neće narušiti mir koji joj je potreban.

Nevoljno je odložila dnevnik u svoju torbu i počela da čisti radnju. Htela je da završi te svakodnevne poslove pre nego što ode kod mame na ručak. Otkad je otvorila radnju, ručala je kod majke Mire. Živela je sama i da ne bi kuvala samo za sebe, majka joj je predložila da dolazi kod nje na ručak. Tako će se viđati svakodnevno.

* * *

Majka je već postavila sto i čekala da Sara dođe. Goran je sa svojim sinom Petrom sedeo za stolom dok je snajka Zorica servirala kolače. Majka je znala da Sara obožava vanilice i rešila da ih danas napravi.

Sara je pozvonila na vrata i čula svog malenog miljenika Petra.

— To je teta! — viknu Petar, skoči sa stolice i potrča ka vratima. Zorica otvori vrata, a Petar skoči u tetkin zagrljaj. Sara je obožavala decu, a kako nije još uvek imala svoje, Petar joj je bio najbliži rod.

— Zdravo teto, dugo sam te čekao. Dođi da vidiš šta je baka kuvala. Ono što volimo i ti i ja, pilav.

— Mmmmm, obožavam pilav i gladna sam kao vuk.

Petar se nasmeja, pa su seli za sto da ručaju.

— I, seko, šta piše u onom rokovniku što si danas našla? — nije mogao više da se suzdrži Goran.

— Ne znam još. Mislim da je neki dnevnik, pogledaću večeras. Samo... ne znam da li bi bilo bolje da ne čitam, već da vratim ženi?

— Bilo bi kulturnije da vratiš, možda je žena zaboravila gde je, a želela bi da ga zadrži. Ipak, ti odluči šta ćeš da radiš — posavetovala je majka, a Sara se zamislila na trenutak i nastavila sa jelom.

Posle ručka uzela je par vanilica i popila kafu, pa ih pozdravila jer je morala da se vrati u radnju.

— Teto, dođi sutra opet — reče Petar, ljubeći tetku i grleći je svojim malenim rukama.

Goran se ponudio da je odveze, ali ona je odbila rekavši da će joj prijati šetnjica posle ručka da istroši kalorije koje je unela. Sara je baš vodila računa o svom izgledu, dva puta nedeljno je išla na pilates. Išla je peške kad bi joj se ukazala prilika i pre spavanja radila vežbe.

Laganim korakom, uživajući u svežem, prohladnom danu, stigla je do radnje. Ostatak dana prošao je brzo jer je imala dosta posetilaca. Prodala je neke sitne stvari, što joj je pričinilo dodatno zadovoljstvo i sa osmehom je, nakon radnog vremena, krenula u stan.

* * *

Živela je sa druge strane parka. Obukla je kaput, obavila šal oko vrata i krenula. U parku je bio još poneki par mladih koji su zagrljeni prolazili kraj nje. Tada bi poželela da i ona ima nekoga, ali brzo bi odbacila takve misli kako ne bi pokvarila raspoloženje. Naići će i za nju neko, jednog dana, kada za to bude vreme.

Ušla je u svoj topli dom. U stanu je imala

centralno grejanje, tako da joj je uvek bilo toplo. Skinula je kaput i izula čizme. Ostavila je tašnu i odmah otišla u kupatilo. Napunila je kadu i ubrzo zaronila u toplu, mirišljavu kupku. Prijalo joj je da se ovako opusti posle celodnevnog rada. Obično bi pustila neku laganu muziku, legla u toplu kupku, zatvorila oči i prepustila se uživanju.

Kada je voda počela da se hladi, izašla je iz kade i obukla svoj svetloroze bademantil. Skuvala je čaj i ušuškala se u svoju omiljenu fotelju kraj prozora. Oduvek je želela da živi sama i to joj se ostvarilo.

U spavaćoj sobi imala je samo francuski ležaj i ugradni plakar. U dnevnoj sobi su se nalazili kauč, stočić, fotelja i police sa knjigama. Stan je bio odlično osvetljen, tako da je preko dana, sedeći kraj prozora u fotelji, mogla da čita bez svetla dok bi uveče palila lampu koja je bila pored fotelje. Knjiga nije imala mnogo, ali to su bile knjige koje su ostavile jak utisak na nju i koje je želela da ima u svojoj biblioteci i ponovo ih pročita kad poželi.

U rukama je držala rokovnik koji je pronašla

u stolu. Razmišljala je da li da ga netaknutog vrati ili... I sama je pisala dnevnike kao devojka i nije želela da ih iko čita, osim... Da, pročitao je samo njen bivši dečko. Ionako je dnevnik bio namenjen njemu, svaka rečenica bila je pisana njegovim imenom, iz svake strane osećala se ogromna ljubav. Jako ga je volela i htela je da toj ljubavi ne nestane traga.

Držala je dnevnik u rukama i gledala ga kao dete novu igračku. Ushićena, znatiželjna, mislila je da je ispravnije da ga vrati, ali verovala je da postoji dobar razlog zašto je naišla na njega. Uvek je volela da prati znake koji joj ukazuju da li treba nešto da se desi ili ne, tako je bilo i sa ovim dnevnikom. Smatrala je da je to znak koji treba da prati. Otvorila je prvu stranicu i počela da čita.

Draga moja,

Počinjem sa pisanjem ovog dnevnika u nadi da će on jednog dana opravdati moje postupke, da ću dobiti oprost kako bih napokon našla svoj mir.

Imala sam svega šesnaest godina kada sam

upoznala Milana. Bio je lep, visok, širokih ramena i imao je predivne, jake muške ruke. Radio je na našem imanju kao konjušar. Iako mlada, znala sam da je ljubav između nas nemoguća, ali...

Kad bih šetala imanjem, gledala bih u pravcu štala jer sam znala da ću ga tamo videti. Znam da je i on mene krišom gledao, ali tek on nije smeo da se bilo čemu nada. Moji su već imali plan da me za nepunih godinu dana udaju za mladića iz susednog sela koji je imao imanje, ništa manje od našeg. Videla sam ga dva puta. Fin, kulturan mladić, ali uopšte mi se ne sviđa. Nadala sam se da će moji odustati od te udaje, da će uvideti da on nije za mene.

Jednog majskog dana, šetajući po imanju, primetih da je Milan sam. Otišla sam u štalu praveći se da posmatram konje. Pošto me Milan nije ni pogledao, pozvala sam ga.

— Izvolite, gospođice Natalija — reče Milan naklonivši mi se.

— Osedlaj mi ovog konja, ići ću malo da jašem.

— Izvinite, gospođice, ali vi ne smete nigde

sami. Sećate se kako ste poslednji put kad ste bili na jahanju pali i bili dugo u postelji?

Ova njegova pažnja me dirnu. On je znao da sam ja dugo ležala i koliko sam se povredila. Pocrvenela sam.

— Mogao bi ti da pođeš sa mnom, tako bih bila sigurna.

— U redu, gospođice, kako Vi kažete. Osedlaću dva konja, sačekajte ovde, molim Vas.

Žurno ode po sedla i vešto osedla dva konja. Ubrzo, bili smo na konjima i lagano krenuli ka šumi. Jahali smo jedno pored drugog i želela sam da razgovaram sa njim, ali nisam znala kako da započnem razgovor. Počela sam priču o vremenu, pa o njegovom poslu i životu. On bi, u početku, samo kratko odgovorio i ućutao. Kako smo odmicali sve dalje i dalje, opuštao se i tad smo već veoma veselo razgovarali. Počeo je da pada mrak kada smo se vratili na imanje. Videla sam da je i njemu prijalo moje društvo, kao i meni njegovo. Otpratio me je do ulaznih vrata, a onda otišao do svoje kućice u kojoj je živeo sa majkom.

Majka me je dočekala na ulazu u kuću.

— Gde si bila? — strogo me je upitala.

— Išla sam u šumu i jahala.

— Sećaš se da ti je otac rekao da ne smeš više sama da ideš na jahanje?

— Da, ali nisam išla sama, Milan je išao sa mnom.

Nije joj se to svidelo, ali bolje i tako nego da idem sama. Znala je da kad ja naumim nešto da me ništa ne može zaustaviti u ostvarenju moje namere.

Sutradan, čim je svanulo izašla sam u šetnju. Prolazila sam pored štale, ali nisam ga videla. Bila sam nervozna, ali nisam sebi smela da dopustim da odem da ga tražim. Valjda ću ga videti kasnije, pomislila sam.

Dani su prolazili, a ja nikako nisam mogla da ga sretnem. Bila sam nemoćna i tužna. Jedno jutro, šetala sam šumom kad je na mene nasrnuo neki zalutali besni pas. Lajao je, režao i sve više mi se približavao. Utrnula sam od straha, nisam mogla da se pomerim. U jednom momentu samo sam čula nečiji glas i psa kako je zacvileo kada je pogođen povećim kamenom.

— Gospođice Natalija, da li ste dobro?

Dobro poznati, dragi glas učini da se opustim i osetim sigurnom. Povrativši se iz šoka, počela sam da plačem. Bio je to Milan. Prišao je i nežno me privukao u zagrljaj. Drhtala sam u njegovom naručju, jecajući dok me je on obgrlio svojim snažnim rukama i nežno me ljuljuškao u zagrljaju, kao da sam malo dete. Uspela sam da se smirim i priberem. Prijao mi je njegov zagrljaj, ali već sam bila prilično dugo u njegovom naručju. Osetivši moju nelagodu, polako se odmaknuo od mene.

— Da li ste dobro? — zabrinuto me pogleda.

— Jesam, hvala ti. Da nisi naišao, ko zna šta bi se desilo. Strašno sam se uplašila.

Odahnula sam shvativši da je sad sve u redu i da sam potpuno sigurna dok je on tu. Krenuli smo ka imanju. Dok smo stigli do kuće, potpuno sam se opustila i razveselila. Zamolila sam ga da sutra idemo zajedno na jahanje. Odmah je pristao, vidno zadovoljan mojim predlogom.

Ujutru, probudili su me divni sunčevi zraci. Probijajući se uporno između zavesa, mamili su me da ustanem iz kreveta. Misao na Milana i vreme koje ću danas provesti sa njim učinila je da mi srce zaigra. Osmehnula sam se i zadovoljno proteglila u krevetu. Brzo sam ustala, obukla se i sišla u kuhinju da pojedem par zalogaja. Naša kuvarica Mara već je ispekla hleb. Miris njenog hleba širio se imanjem kao da doziva stanovnike da dođu da ga probaju. Namazala sam jedno parče vrućeg hleba domaćim kajmakom i prepustila se predivnim ukusima domaće Marine hrane.

— Mila moja, jutros si mi poranila. Moram da primetim da si jako dobro raspoložena.

Pogledala me je ispitivački. Mara je bila u našoj kući još pre mog rođenja. Odrastala sam uz nju i njenu čarobnu kuhinju. Zato sam kao mala bila buca. Kasnije sam morala malo da pripazim na hranu kako ne bih bila debela, a ona se ljutila što malo jedem. Bila mi je kao druga majka. Mnogo sam je volela, a i ona mene. Ona nije imala decu, pa mi je još više bila privržena. Na brzinu sam pojela sendvič i izletela iz kuće. Brzim, lakim korakom začas stigoh do štale. Milan me je već čekao sa osedlanim konjima.

— Dobro jutro, gospođice Natalija! Kako ste? — veselo me upita sa čudnim sjajem u očima.

— Dobro jutro, Milane! Biće dovoljno da me zoveš samo Natalija, nemoj da mi persiraš. Valjda smo sad prijatelji?! — vragolasto sam ga pogledala.

— U redu, Natalija, hoćemo li da krenemo u našu šumsku avanturu?

— Spremna sam! Idemo!

Pomogao mi je da se popnem na konja, a onda smo krenuli ka šumi. Dan je bio lep i obećavao je prijatno provedeno vreme u prirodi. Jahali smo jedno pored drugog i uživali u prijatnom razgovoru. Zašli smo već duboko u šumu kad se začu grmljavina.

— Šta to bi? Pa bilo je tako lepo sunčano jutro — rastužih se.

U tom trenutku poče da pada kiša; u početku slaba, a onda sve jača. Milan reče da u blizini postoji šumarska kućica i da možemo tamo da se sklonimo dok kiša ne prestane. Utrčali smo u kućicu mokri, glasno se smejući kao deca. Milan je otišao u drugu sobu i doneo mi neke stvari da se presvučem, a on je otišao da skuva čaj. Zatim je doneo drva i založio vatru. Pucketanje vatre i topao čaj opustiše me potpuno i ja zaspah sedeći *u fotelji. Osetila sam kako me Milan pokriva ćebetom. Ne znam koliko sam spavala, ali kad sam se probudila videla sam ga kako sedi u fotelji naspram moje i posmatra me svojim predivnim očima.*

— Koliko sam spavala? Totalno me je izmorilo i jahanje i trčanje, nisam ni osetila da tonem u san.

— Tvoje lice je tako predivno, sve vreme oka nisam odvojio od njega dok si spavala. Uopšte ne znam koliko je vremena prošlo.

Zadrhtala sam, da li od zime ili njegovih reči, ne znam. Zatim me je oblio talas toplote kada sam videla da mi se približava i kako me gleda. Kleknuo je pored moje fotelje, rukama obuhvatio moje lice i neko vreme me gledao u oči, a onda je nežno spustio svoje usne na moje. Potpuno sam se prepustila toj čaroliji. Kiša je uskoro prestala i mi smo krenuli kući.

Sara je zatvorila dnevnik, zažmurila i zamislila sebe u takvoj situaciji. Ko je ova žena? Tako nežna i puna divnih emocija. Sad je još više želela da je upozna, ali pre toga će pročitati ceo dnevnik jer mora znati kako se započeta priča završila. Već je bilo jako kasno i rešila je da ode na spavanje. Ako bude nastavila čitanje, neće moći da zaspi, a ujutru ustaje rano. Odložila je dnevnik na stočić kraj fotelje, obukla pidžamu i uvukla se u krevet. Premorena i uzbuđena zbog svih tih dešavanja brzo je zaspala.

Probudilo je lupanje na vratima. Tek nakon par minuta je shvatila šta se to čuje. Ustala je i otvorila vrata.

— Dobro veče! Treba mi Srđan — lep, ali totalno pijan mladić, zaplitao je jezikom.

— Srđan ne živi ovde, već preko puta — reče i pokaza prstom stan naspram njenog.

— Ups, izvinjavam se mlada damo. Laku noć i lepe snove... — dotetura se nekako do Srđanovih vrata, a onda se još jednom okrenu i posla joj poljubac.

Sara se nasmeši i uđe u stan. Sladak je, pomisli i vrati se u krevet. Ujutru je ustala ranije kako bi sredila neku dokumentaciju za radnju. Obukla je toplu vunenu haljinu koja je blago naglašavala predivne linije njenog tela. Kosu je vezala u rep, stavila maskaru, malo rumenila i sjaj za usne. Izgledala je veoma sveže, odmorno. Obula je čizme i svoj omiljeni kaput braon boje i krenula na posao.

Bili su to prvi novembarski dani. Zima je stidljivo najavljivala svoj dolazak, prvi mraz je ostavljao tragove na staklima automobila i podsećao vozače da pripreme zimsku opremu. Sara, ušuškana u svoj kaput i topao šal, sitnim ali brzim koracima, brzo je stigla do radnje. Čim je ušla, uključila je klimu i stavila vodu za kafu. Miris sveže lakiranog nameštaja postao je nešto na šta se Sara već navikla i bila je zadovoljna jer se nalazi u svojoj malenoj radnji koja je imala sve više posetilaca pa i kupaca. Pogledala je poštu i proverila mejlove. Ništa značajno nije videla. Dok je uživala u ispijanju prve jutarnje kafe, tražila je po internetu neki interesantan komad nameštaja.

Setila se dnevnika koji je sinoć čitala pred spavanje i zamišljen pogled joj odluta kroz prozor, ka parku. Trebala sam da ponesem dnevnik, možda ne bude mnogo gužve danas, pomisli Sara. Iz razmišljanja je trže zvono telefona.

— Dobro jutro, najlepša komšinice! Nadam se da ti noćas nije smetala glasna muzika iz mog stana? — upita Srđan, komšija iz stana preko puta njenog.

— Ne, bila sam umorna, pa sam brzo zaspala. Nakratko me je probudio tvoj drug. Promašio je vrata, ali odmah posle toga sam zaspala — Sara pomenu druga, čekajući da Srđan nešto kaže o njemu.

— To je Luka, juče se vraćao sa neke proslave pa je malo više popio, inače je dobar momak. Hteo sam da te pozovem na moj rođendan u subotu. Ako si slobodna, bilo bi lepo da dođeš.

— Može, nemam ništa planirano za subotu, doći ću — odgovori Sara. Želela je da pita da li će doći Luka, ali na vreme se ugrizla za jezik.

— Odlično! Vidimo se onda u subotu. Želim ti lep dan! — veselo je pozdravi Srđan.

Spustila je telefon razmišljajući šta će obući za njegov rođendan. Retko je izlazila, pa nije imala neku prikladnu garderobu, ali pošto je danas četvrtak, ima vremena da ode da kupi nešto. Preostali deo dana joj je proleteo jer je bilo dosta posetilaca.

Petkom je radnju zatvarala ranije. Već oko 17.00 časova zaključala je i krenula da obilazi butike po gradu kako bi našla neku garderobu za sutrašnju žurku. Vreme je bilo prijatno. Iako je temperatura bila samo jedan stepen, nije bilo nimalo vetra. Sari je prijala ova šetnja po gradu, odavno nije prošetala jer bi uvek žurila od kuće do radnje i nazad. To joj nije smetalo pošto je posao sve više napredovao i bila je veoma zadovoljna tom činjenicom.

U jednom momentu, spazi neboplavu haljinu u izlogu. Rešila je da uđe u radnju i proba kako joj stoji. Ljubazna prodavačica poželela joj je dobrodošlicu.

— Dobar dan! Volela bih da probam ovu plavu haljinu u izlogu.

— Naravno, odmah ću Vam doneti.

Devojka pogleda Saru razmišljajući koji broj da joj donese, zatim ode u magacin koji je bio odmah iza radnje i donese joj haljinu. Sara ode u kabinu i za koji minut izađe u predivnoj haljini. Videla je iskreno divljenje u devojči-nom pogledu.

— Predivno Vam stoji! Imate odličnu liniju

i možete da obučete šta god želite — za čas su joj oči poprimile neki tugaljiv izraz, ali ona nastavi da hvali Saru. Sara, i sama zadovoljna svojim izgledom, ogledala se osmehujući se svom odrazu u ogledalu.

— Kupiću je, baš mi se sviđa — reče zadovoljna što je našla haljinu za žurku.

Devojka joj pruži upakovanu haljinu. Sara plati, pozdravi devojku i izađe na svež vazduh.

* * *

Subotom je volela duže da ostane u krevetu. Vikendom je plaćala devojku da radi u radnji. Od kad je posao dobro krenuo, mogla je sebi to da priušti. Godinama je radila svake subote, ponekad i nedeljom. Sad je došlo vreme da može sebi da ugodi i da vikendom odmara. Za doručak je pojela žitarice sa jogurtom i odradila par serija trbušnjaka. Sredila je stan, oprala veš, tako da je brzo došlo vreme za sređivanje. Odlučila je da kosu uvije figarom. Imala je dugu plavu kosu, tako da su joj lokne padale niz leđa. Obukla je novu haljinu i cipele sa visokim štiklama. Nanela je malo pudera, rumenila i svetloroze ruž. Bila je spremna. Još jednom se pogledala u ogledalo i zadovoljna svojim izgledom krenula na žurku.

Muzika se već čula iz Srđanovog stana. Pošto je Srđan voleo da čita, kupila mu je knjigu. Pozvonila je na vrata i sačekala par minuta. Čula je okretanje ključa u bravi.

— Dobro veče, draga komšinice! Predivno izgledaš! Izvoli, uđi — Srđan se pomeri, a ona uđe u njegov stan.

Osećala je miris vruće pice. Srđan je živeo sam i nije baš bio spretan u kuhinji, tako da je naručio picu i sitne kolače. Ušla je u sobu u kojoj su već sedele dve devojke. Pozdravi ih i sede na stolicu kraj prozora. Utom se ponovo oglasi zvono. Srđan otvori vrata i pozva druga da uđe.

U sobu uđe Luka. Pozdravi ih sve, a pogled mu se zadržao na Sari.

— Dobro veče! — sede na stolicu preko puta nje. Srđan ih posluži pićem i ode da skuva kafu. One dve devojke neprestano su nešto pričale, a Sara i Luka su razmenjivali stidljive poglede, a onda se on prebaci na stolicu kraj nje.

— Hteo bih da ti se izvinim za ono veče. Bio sam pijan i nepristojan. Izvini!

— U redu je. Čovek treba ponekad da se opusti i popije malo.

— Malo... ne bih baš rekao da je bilo malo.

Oboje se nasmejaše. Tada se opustiše i započeše prijatno ćaskanje.

Ubrzo se soba napuni jer je došlo još nekoliko drugova i drugarica. Lagani sentiš zasvira sa radija. Luka priđe Sari i zamoli je za ples. Ona ustade i počeše da plešu. Oboje svesni blizine onog drugog, plesali su ćuteći. Posle par koraka, oboje se opustiše i približiše jedno drugom. Osetila je prijatnu vrućinu u stomaku. Njegova ruka, u početku stidljivo, a onda sve smelije, crtala je nevidljive linije po njenim leđima. Obostrana privlačnost učinila je da zajedno utonu u neku drugu dimenziju, nesvesni prisustva drugih u prostoriji. U stvarnost ih je vratila neka rok pesma, koja je odjednom promenila ritam svima. Nasmejaše se i, kao po dogovoru, oboje krenuše na terasu.

— Ovde je već prijatnije. Mnogo dima ima u sobi — reče Sara trudeći se da vrati smirenost i ne pokaže kako njegovo prisustvo deluje na nju. On je bio u istom problemu, ali ubrzo se oboje opustiše i nastaviše prijatan razgovor.

— Slažem se, baš je zagušljivo — odgovori Luka i stade pored nje.

Počeo je neki hladan vetar da duva, na šta se Sara stresla. Luka je skinuo svoj sako i ogrnuo je. Njegova blizina bila bi sasvim dovoljna da se ugreje, ali njegov miris je celu obuze i pomuti joj razum. Duboko udahnu i pokuša da se pribere.

— Hvala! — nasmeši mu se ona. — Sada će tebi biti hladno, samo u košulji si — reče zabrinuto.

— Neće... ti ćeš da me greješ — reče i zagrli je.

Kroz njihova tela prostruja prijatna toplina. On je privuče sebi i poljubi je. Potpuno se prepustila uživanju, zaboravljajući gde se nalazi. Ostatak večeri proveli su u plesanju i priči. Nisu obraćali pažnju na druge, bili su dovoljni jedno drugome.

Posle žurke, otpratio je do njenih vrata. Nežnim poljupcima poželeo joj je laku noć.

— Vidimo se sutra, malena! Lepo spavaj! — nežno joj poljubi zatvorene oči i nevoljno se okrete da krene. Još jednom se okrenu i posla joj poljubac, a onda uđe u lift.

Ona uđe u stan, zaključa vrata i nasloni se na njih. Srećna, sklopi oči i prepusti se sećanju na divan, nežan poljubac. Topao tuš je opusti još više i ona, srećna, brzo utonu u san.

* * *

Ujutru je probudi lupanje vrata na liftu. Pogleda na sat, deset sati. Vreme je za ustajanje, pomisli ona i zadovoljno se protegnu u krevetu. Utom začu zvuk poruke na mobilnom telefonu. Trže se i odmah uze telefon pomislivši na Luku.

Da li se naspavala moja lepotica?

Pred njenim očima stajala je poruka sa smajlićem koji šalje poljubac.

Jesam... ali još sam u krevetu.

Voleo bih da sam i ja tu, kraj tebe. Mogli bi

večeras da se vidimo. Ako ti odgovara, doći ću po tebe u osam sati?

Može, volela bih da te vidim.

Razmeniše još par slatkih poruka, a onda joj reče da ima neke obaveze da završi, pa se vide uveče. Još uvek ležeći u krevetu, uze Natalijin dnevnik. Luka je totalno zaludeo, skoro da je zaboravila na dnevnik. Nastavila je sa čitanjem.

Kući sam stigla sva usplahirena zbog onog poljupca. Ušla sam u kuću zaboravivši šta imam na sebi. Majka me je čudno pogledala spustivši naočare na vrh nosa.

— Natalija, šta to imaš na sebi? — upitala me je zgranuta.

— Bila sam u šumi, jahala sam kad je počeo pljusak. Sakrila sam se u kućici koja se nalazi na kraju šume i presvukla se u ovo. Tamo sam našla.

— Sama si bila? — upita, gledajući me prodorno.

— Ne, Milan je bio sa mnom — osetila sam kako mi obrazi gore. Spustila sam glavu kako

majka ne bi pročitala u mojim očima šta se zapravo desilo. Gledala me je neko vreme, ni sama ne znajući šta da mi kaže.

— Idi u svoju sobu i presvuci se. Uskoro će ručak.

Otrčala sam uz stepenice da se što pre sakrijem u svoju sobu i prepustim maštanju. Željno sam iščekivala svaki novi dan. Izmišljala sam razne izgovore kako bih izašla iz kuće da bih se videla sa Milanom. Milan je bio nestrpljiv, kad bi me video jedva bi se suzdržao da me ne zagrli i poljubi.

Počelo je leto. Poljski radovi bili su u punom jeku. Zrelo žito, svojom zlatnom bojom obećavalo je da će biti veoma rodna i bogata godina. Mladi vršioci vešto su radili, zadovoljni prinosom. Moj otac je zadovoljno trljao ruke. Bio je i ovako bogat, mogao je da preživi godine i godine lošeg prinosa, ali smešio mu se brk jer ga je radovalo svako uvećanje bogatstva. Kad me sledeće godine uda za Mitu iz drugog sela, udvostručiće mu se bogatstvo.

Za mene su govorili da sam lepa, zdrava

devojka iz dobre porodice, a pri tom bogata i jedinica. Mnogi momci su želeli da me ožene. Mita je bio mali, ružnjikav, čak i debeo momak kojeg devojke nisu htele. Zbog toga je mom ocu ponudio silno bogatstvo ako mu dozvoli da me oženi.

Moj otac je bio samoživ čovek, nije mario za tuđe želje. Njegovi roditelji su bili siromašni i, igrom slučaja, zaveo je moju majku i ženidbom dobio silno bogatstvo. Ni to mu nije dovoljno, već želi mene da uda za čoveka koji mi se ne sviđa samo da bi još više uvećao bogatstvo. Znala sam da se ne mogu usprotiviti njegovim naredbama. To sam naučila još kao jako mala devojčica. Tada su nam dolazili neki prijatelji za koje je otac smatrao da su odlično društvo, kako za njih, tako i njihov sin za mene. Sima i njegova žena Lepa dolazili bi sa svojim nemogućim sinom jednom nedeljno.

Lepa bi sedela sa mamom i pričala o tadašnjoj modi i ko zna o čemu sve, Sima i tata bi stalno nešto šaputali i pravili planove, a meni bi ostavili njihovog napornog sina Slavoljuba da se igram sa njim. Slavoljub je sigurno bio lud ili previše razmažen. Dok bi sedeo na kauču, sve vreme bi se njihao, penjao bi se po krevetu, komodi, skakao tamo-vamo. Za to vreme bi se čudno smejao i pravio razne grimase kolutajući onim ogromnim očima. Plašila sam ga se.

Tatu i Simu sam jednom čula kako prave planove da započnu neki „odličan posao". Tata je šaputao da zna kako će lako da ubedi moju majku da mu da novac. Jednom prilikom sam se odvažila i rekla tati da ne želim da se igram sa Slavoljubom i da ću biti sama u svojoj sobi kad oni dođu. Tu grešku više nisam ponovila. Ne da sam se igrala sa njim, nego sam posle toga dobila dobre batine i bila zaključana u sobi sedam dana.

I, hajde sad da mu kažem da neću da se udam za Mitu. Verovatno bih doživotno bila zaključana u sobi ili možda i podrumu. Često sam razmišljala da pobegnem negde. Ali gde? Svuda bi me našao, a ko zna šta bi onda bilo. Zato sam ćutala i brojala dane do tog sudnjeg dana, dana kada će se moj život završiti.

Često, dok bih gledala Milana, pogled bi mi se zamutio od suza. Zašto ne može on da bude moj muž umesto onog nosatog Mite? Ali, odgovor nikad nisam nalazila. Trudila sam se da uživam u Milanovom društvu koliko sam mogla. Čak sam zapostavila sve obaveze koje sam imala u kući i često boravila u prirodi. Majka je to primetila i znala je šta me muči, ali nije mogla ili, možda, nije želela da se suprotstavi očevoj odluci. Tako nisam mogla očekivati pomoć od majke.

Moja dobra Mara je saosećala sa mnom. Njoj sam se žalila i često plakala u njenom naručju. Tada bih videla suze i u njenim očima. Ona bi me čvrsto zagrlila i ljuljala u zagrljaju, kao kad sam bila dete.

Čula sam mamu kako mazno govori tati da bi joj baš prijao odmor u nekoj banji ili na moru. Pokušao je da je ubedi da ima posla, ali na kraju je ipak pristao. Tako će posle lakše izvući pare od nje za posao sa Simom. Put je planiran za kraj avgusta. Naravno, ja nisam bila u planu, što mi je i odgovaralo. Ne bih mogla nijedan dan da ne vidim Milana. Želela sam da svaki mogući trenutak, posvetim Milanu i na taj način skupim puno lepih uspomena od kojih bih živela kad me udaju za Mitu.

Došao je i taj dan, koferi su bili spremni. Mama je bila sva usplahirena, obožavala je more. Ranije, bilo bi mi žao što ne vode i mene, a sad sam jedva čekala da odu. Mama je, na neki način, bila moj saučesnik u zabranjenoj ljubavi. U početku stroga, sad je toliko smeškala da mi nikad nije prebacivala ako kasno dođem i čak bi izgovarala neka lažna opravdanja ocu, kad bi primetio da me dugo nema. Ako bi videla da sam preterala, blago bi me ukorila, da otac ne čuje. Nije mi bilo jasno zašto to radi, dok nisam čula priču od Mare.

„Tvoja majka je bila jako zaljubljena u Željka, njenog školskog druga. Oni su već uveliko maštali o tome kako će se posle završene škole venčati, kad su njeni roditelji saznali za njih dvoje.

„'Šta, da li te zbog toga školujemo i toliko radimo, da bi te udali za najvećeg bećara u selu? I još, otac mu je alkoholičar. Njegova jadna majka, jedina čestita u toj kući, ne znam kako je još živa pored tolikih muka koje joj oni stvaraju.'

„Rekli su joj da prekine sa njim inače će je zatvoriti u sobu i neće čak ni u školu ići. Pošto ih

nije poslušala, to se i desilo. Njen otac je potegao neke veze i njenog Željka su uskoro odveli na vojnu vežbu. Verovali su da će se za to vreme opametiti. Pošto se primirila, otac je pustio iz sobe i poslao u školu.

„Jedne večeri, posle škole, pravo je otišla u seosku kafanu. Ljuta na oca, smišljala je kako da mu uzvrati za to što je razdvojio od Željka. Sela je za sto, naručila rakiju i već posle druge se opustila i pogledom mamila harmonikaša. To veče je završila u njegovoj sobi. Prepustila mu se misleći da će tako napakostiti ocu. Ali, ubrzo je saznala da je napakostila sebi. Zatrudnela je. Roditelji su tu bili nemoćni. Znalo se, mora se udati za njega. Tako se tvoja majka udala za tvog oca i rodila tebe.”

Posle Marine priče znala sam da majka shvata šta mi rade udajom za Mitu, ali je bila nemoćna. Zašto mu je toliko popuštala? Da li ga se plašila? Ipak, ona je bila ta koja ima sve i on bez nje bio bi niko i ništa. Nisam mogla da nađem razloge za majčino ponašanje.

Na odmor su krenuli kolima. Majka me je čvrsto zagrlila i šapnula na uvo:

— *Čuvaj se, mila moja* — zatim je sela u auto i krenuli su. Otac mi je samo mahnuo. Nisam ništa više ni očekivala od njega.

Napokon sama. Mogu se posvetiti svom Milanu. Čim je očev auto zamakao iza ugla, otrčala sam do štale. Milan je vredno radio čisteći štale. Neko vreme sam posmatrala njegovo zgodno telo. Mišići na rukama su se zatezali kada bi vilom podigao seno. Majica, natopljena znojem, pripijala se uz njegovo mišićavo telo. Lice, orošeno znojem, nije pokazivalo znake umora. Gledajući ga, totalno zanesena, ispustih lepezu kojom sam se do malopre hladila. On se trže i videvši me zbunjenu, nasmeja se. Obrazi mi se blago zarumeneše kad shvatih da ga već neko vreme netremice posmatram.

— *Dobar dan, lepa moja damice. Kako si?* — Milan prvi prekide tišinu i dade mi vremena da se priberem.

— *Dobro sam. Vidim, ti si jako vredan. Izgleda da nemaš vremena za svoju damicu* — rekoh kao ljutito. Milan se glasno nasmeja.

— *Za Vas, mila moja damo, imam sve vreme ovog sveta. Daj mi samo deset minuta da se* istuširam, a onda sam ti na raspolaganju — mangupski se nasmeja i namignu mi. Moji rumeni obrazi zasijaše od radosti i ja stidljivo sagnuh glavu.

Dok sam ga čekala, šetala sam pored štale gledajući taj deo imanja koji nisam mnogo zagledala ranije. Imali smo tri ogromne krmače od kojih se jedna oprasila pre par dana. Prasići su trčkarali oko nje tražeći da sisaju. Krmača je ponosno groktala dozivajući svoje mališane. Odmah pored, bilo je maleno jezerce gde su plivale patke. Pored štale za konje, imali smo i štalu gde smo držali dvadeset krava i šest bikova. Iza štala se nalazio tor pun ovaca. Imali smo najveće domaćinstvo u kraju. Bila sam iznenađena, kao da nisam živela tu. Taman sam pregledala i boks sa psima kad je naišao Milan. Sveže okupan, mokre, razbarušene kose, izgledao je kao dečak koji se sprema da krene sa roditeljima u goste.

— Nadam se da se nisi dosađivala dok si me čekala.

— Ne, čak mi je to dobro došlo, bar sam videla šta imamo od životinja na imanju. Nisam *znala šta sve imamo, kao da godinama nisam ovde živela.*

— Mogu te povesti u obilazak imanja, da vidiš šta sve imamo ovde — namignu mi Milan.

— To ti nije loša ideja, ali šteta je tako čist da me vodiš u obilazak životinja. Idemo sad u šetnju po šumi, a drugi put ćemo praviti popis životinjskog carstva.

Nasmejasmo se oboje i krenusmo ka šumi.

Sara obeleži stranicu dnevnika do koje je stigla i odloži ga na ormarić kraj kreveta. Protegnu se i osmehnu kad se setila Luke. Ustade iz kreveta, pa poče da sprema sobu. To joj je bila jedna od ne tako dobrih navika, da se vikendom razvlači po krevetu, čitajući ili gledajući televiziju. Onda bi se nervirala što nije ustala ranije i bolje iskoristila dan. Ipak, prijalo je i to leškarenje.

Za doručak je spremila musli sa jogurtom koji je sama spremala. Nije volela da kupuje gotove muslije. Oni su, uglavnom, imali i suvo grožđe, a njoj se nije sviđala kombinacija jogurta i suvog grožđa. Pre nekoliko godina, išla je kod nutricioniste da bi se posavetovala o ishrani i tada joj je ona dala recept za musli.

Sve ove godine trudila se da se pridržava saveta nutricioniste o ishrani i, zahvaljujući tome, imala je odličnu liniju. Pored toga, u toku dana bi izdvojila pola sata za vežbanje. Radila je vežbe koje joj prijaju i koliko joj prijaju, nije želela da joj to postane mučenje jer bi sigurno brzo odustala od toga.

Šta da obuče večeras? Motalo joj se po glavi dok je išla ka kupatilu. Za dva sata Luka će doći po nju. Treba da se istušira, obuče i sredi kosu. Pomisao na njega učini da joj toplota prostruji kroz telo. Odavno se nije tako osećala. Najčešće je imala kratke veze koje su se završavale pre nego što bi uspela da se zaljubi. Nikad nije osećala neku preteranu privlačnost kod tih mladića. Luka je bio nešto posebno. Pogledom je razoružavao, stvarajući neku čarobnu reakciju u njenom telu.

Skinula je sve sa sebe i namestila toplu vodu, pa zakoračila u tuš kabinu i prepustila uživanju. Dugo je stajala nepomično puštajući topao mlaz vode da joj opusti svaki mišić.

Zatim uze šampon i opra dugu kosu. Ispirajući je, oseti nežno putovanje pene po telu. Opuštena i skoro sanjiva završi tuširanje. Obavi telo jednim, a kosu drugim peškirom i izađe iz kupatila planirajući da skuva sebi jednu kafu.

Zvono na vratima prenu je iz razmišljanja. Nije nikog očekivala, a za Luku je još bilo rano. Otvori vrata i iznenađeno se pomeri u stranu.

— O mače, čemu to kupanje u ovo doba dana? Nije valjda da imaš neki sastanak? — ne pozdravivši je, reče njena drugarica Olga iz detinjstva i uđe u stan.

— Da, imam neki sastanak — zagonetno se nasmeja Sara. — Otkud ti tako bez javljanja? Nisam znala da dolaziš. Što mi nisi javila?

— Htela sam da te iznenadim.

Olga je već nekoliko godina živela u Francuskoj. Odmah nakon fakulteta otišla je tamo i radila kao modni kreator. Sara je mnogo volela Olgu i iznenađenost brzo ustupi mesto radovanju, pa se prepustiše veselom čavrljanju.

— Dugo te nisam videla. Sijaš! Brzo pričaj, kome treba da zahvalim za radost na licu moje drugarice. Ko je taj princ? — pričala je Olga bez prestanka. Sari zacakliše oči i pogled joj odluta ka komšijinom stanu.

— Skoro smo se upoznali. Najpre me je probudio, pijan je zvonio na pogrešna vrata, a onda je to ispravio kod komšije na rođendanu. On je tako zgodan, lep... sladak...

— Vidim ja da si ti gotova. Oborio te je s nogu. Samo budi oprezna da nije jedan od onih mangupa, glavu ću mu odrubiti ako te povredi!

— Ne, on je nešto posebno — Sara je još bila u oblacima a onda se naglo trgnu. — Joj, moram da nastavim sa spremanjem. Pomoći ćeš mi da sredim kosu? — ne čekajući odgovor, ode do plakara da nađe šta će da obuče, usput dobacivši Olgi: — Skuvaj nam kafu dok se ja obučem.

Ispijale su kafu dok je Olga sređivala frizuru drugarici. Bilo je već blizu osam sati. Sara nanese malo rumenila, maskaru i roze ruž. Odmeravala je zadovoljno svoj odraz u ogledalu. Sat je već pokazivao više od osam sati. Sad već nervozna cupkala je, vireći kroz prozor.

— Možda ga je zadržala gužva u saobraćaju

— nesigurna, rekla je Olgi. Međutim, Olga je već sumnjala da nešto nije u redu.

— Pola devet je. Šta misliš da ga pozoveš?

Sara kao po naredbi uze telefon i pozva Luku.

Mobilni pretplatnik trenutno nije dostupan ili...

Nervozna, baci telefon na krevet. Vrtela se, sad već ljuta. Mogao je bar da joj se javi ako je nešto iskrslo.

— Devet je. Idem do njegovog stana.

— Nisam sigurna da je to dobra ideja — oprezno reče Olga.

— Ne, ne mogu ovako da čekam. Možda se nešto desilo — zgrabi ključ od kola sa police sa knjigama i krenu prema vratima.

— Idem sa tobom. Čekaću te u kolima, ne mogu da te pustim samu u takvom stanju.

Sara je oklevala ali ipak pristade i zajedno izađoše iz stana. Auto joj je bio parkiran odmah ispred zgrade. Obično ga ostavlja u garaži ali, srećom, sad je bio tu.

— A da vozim ja? — predloži Olga i krenu ka vratima vozača. Sara ćutke prihvati. Sede u auto i reče Olgi kuda da vozi. Gužva u saobraćaju samo je još više unervozila Saru. Nakon par psovki i izgubljenih nerava, stigoše ispred njegove zgrade. Sara zastade gledajući ka njegovom prozoru odakle je dopirala svetlost. Olga je uhvati za ruku.

— Polako, smiri se. Čekam te ovde.

Sara joj se blago nasmeja i izađe iz auta. Pogled joj još jednom odluta ka prozoru. Uđe u zgradu i odluči se da liftom ode na treći sprat. U hodniku je bio mrak. Reši da ne pali svetlo, već se opreznim korakom uputi ka njegovim vratima. Zastade koji sekund. Taman da podigne ruku, začu svađu u stanu. Oslušnu na trenutak. Prepozna Lukin glas i histeričan ton neke žene.

— Zašto si došla? Rekao sam ti da je kraj!

— Ne možeš tek tako da me odbaciš. Pet godina braka...

Sara se pridrža za vrata kako ne bi pala. Okrete se i pojuri stepeništem ka izlazu iz zgrade. Videvši je uznemirenu, Olga otvori suvozačeva vrata. Sara uđe u auto i zalupi vratima. Spusti pogled i tihim glasom reče Olgi:

— Vozi!

Ništa je nije pitala, vozila je ka stanu mo-tajući po glavi šta je moglo da se desi. Ušla je u stan, spustila torbicu na sto i sela u fotelju. Olga uđe za njom i zatvori vrata.

— Skot je oženjen.

— Molim?! — zapanjeno uzviknu Olga.

— Osećala sam da nešto nije u redu. Prosto je bilo nestvarno lepo... Nisam ja za ozbiljne veze, ne. Valjda ću posle ovoga napokon to da shvatim. Izvini Olga, nismo se videle tako dugo, a ja samo kukam o svojim nesrećnim ljubavima.

— Ne, draga, samo ti pričaj, biće ti lakše. Znam koliko te je ovo potreslo. Trebala sam da odem gore i održim mu lekciju. Skot! — besnela je Olga.

— Ne, to ćemo nas dvoje raspraviti. Moja je greška što sam mu verovala.

Skuvale su kafu i nastavile da pričaju o drugim stvarima. Olga je pričala o svom poslu i o bivšem dečku, o tome kako je osetila olakšanje kad su raskinuli.

— Boban je znao da bude divan prema

meni, ali toliko je bio ljubomoran da me je gušio time. Kao da sam se preporodila kad smo raskinuli. Nego, dolazeći kod tebe, videla sam reklamu za književno veče u biblioteci. Hoćeš li da odemo? Mislim da bi te to opustilo i skrenulo ti misli.

— To ti nije loša ideja. Kad smo već kod toga, čitam dnevnik jedne žene. Ne znam ko je ona, ali ima zanimljivu priču. Kad završim daću ti da pročitaš.

— Otkud ti taj dnevnik? Našla si ga negde?

— Nedavno mi je jedan mladić prodao stari pisaći sto svoje majke. Jedna fioka je bila zaključana. Pozvala sam Gorana da je otvori da ne bih oštetila sto mojim „stručnim" baratanem alatom. Tamo sam pronašla taj dnevnik. Dvoumila sam se da li da ga vratim ili pročitam. Naravno, znatiželja je pobedila. Toliko je zanimljiva priča da mi se čini da sam u njoj.

— Zanimljivo. Jedva čekam da je pročitam.

— Kad reče da je to književno veče?

— Sutra u 19.00 časova.

— U redu, onda ću sad da napravim kokice i da gledamo neki film. Slažeš li se?

— Da pogodim, biće to: *Duh* ili *Kuća na jezeru?*

— Grešiš, biće *Stigla vam je pošta*.

Dok su se svakodnevno družile, gledale su filmove uz kokice ili neke druge zanimacije, a neretko su i plakale zbog nekog filma.

Ostale su dugo budne. Nakon filma, prisećale su se mlađih dana, raznih do-godovština i nesrećnih ljubavi.

Sunčevi zraci uporno su se probijali kroz napola spuštene roletne želeći po svaku cenu da ih probude. Prva se probudi Olga, protegnu se i osmehnu kad ugleda nežno, usnulo lice svoje drage drugarice. Ustade i stavi džezvu sa vodom na šporet. Naslonjena na kuhinjski radni deo, posmatrala je stan. Sara je uvek imala smisla da skromno, a lepo uredi stan. Pogled joj privuče polica sa knjigama. Priđe i, prelazeći prstima po knjigama, poče da čita naslove. Zastade kod jedne. Stefan Konstanti-nović *Ukleto ostrvo*. Olga se nasmeja.

— Šta se smejuljiš ovako rano ujutru? — sanjivo upita Sara trljajući oči.

— Dobro jutro, uspavana lepotice. Uopšte

nije rano, deset je sati. Nisam ni znala da si čitala ovog Stefana. Večeras je njegova promocija.

— Stvarno? Nisam još čitala, dobila sam je na poklon.

— Dobro, kad upoznaš pisca verovatno ćeš poželeti da je pročitaš. Mislim da dobro piše, a i dobro izgleda.

Pred kraj dana, Sari zazvoni telefon. Na ekranu je pisalo: *Luka*. Gledala je neko vreme ime na ekranu, ime za koje je mislila da će doneti sreću u njen život i razmišljala da li da se javi. Olga je krišom posmatrala drugaricu čekajući šta će ova da uradi. Na kraju je prekinula vezu i telefon odložila na sto. Ništa nije komentarisala. Otišla je u kupatilo da se istušira, a nakon toga, ne govoreći mnogo, otišla na spavanje.

* * *

Parking ispred biblioteke je bio skoro pun tako da je Sara jedva našla mesto za svoj auto. Izađe iz auta pazeći na štikle. Parking napravljen od rupičastih kockica nije bilo zgodno mesto za dame sa visokim potpeticama. Izađe na prstima do trotoara i tek onda se opusti. Olga nije imala taj problem jer se odlučila za ravne čizme. Obe u haljinama do kolena, ušuškane svojim kaputima, uputiše se ka ulazu biblioteke. Sara pozdravi poznanike. Ulazeći u salu, slučajno je zakačila nekog ramenom.

— Izvinite, molim Vas!

— Ne, izvinite Vi, ja sam izleteo ne gledajući ima li koga — pomeri se u stranu i pokaza Sari da uđe. — Izvolite, dame imaju prednost — nakloni se i mangupski nasmeja. Sara mu se osmehnu i uđe u salu.

— O, vidim već si upoznala Stefana!

— Šta? To je on? Baš je sladak. Biće ovo zanimljivo veče.

Reče i sede u prvi red postavljenih stolica. Obično bi birala drugi, treći red, ali ovog puta biće bolje da bude bliže. Razgovor ljudi prekinuo je nežan zvuk harfe. Niska, crna devojka sedela je iza harfe i veštim prstima stvarala čaroliju. Svi su bili zaneseni melodijom. Nežno spuštanje ruku u devojčino krilo i njen blagi naklon su obeležili kraj čarolije. Čulo se šaputanje po sali i glasni aplauz. Šuštanje mikrofona privuče svima pažnju.

— Dobro veče, hvala vam što ste došli u ovolikom broju. Dolazeći u vaš grad, strahovao sam da li će iko doći po ovoj zimi da sluša jednu dosadu kako priča o nekom svom ostrvu. Drago mi je što sam se prevario i što vidim da toliko ljudi voli knjigu i spremno je da odvoji vreme kako bi čulo za nekog novog, ne baš poznatog pisca.

Glasan aplauz dade mu podršku i on nastavi priču. Sara ga je gledala sa oduševljenjem. Njegovo lice, mimika, pokreti ruku i tela, sve je bilo tako lepo usklađeno, tako privlačno. Stefanu nije promakao taj pogled, kao i njena celokupna pojava. Sporim pogledom odmerio je Saru ne prekidajući priču. Sari prođe neka jeza kroz telo od tog pogleda. Na trenutak spusti pogled i oseti vrelinu u obrazima i telu.

Veče je bilo zanimljivo, samo što Sara ne bi znala nijednu reč da ponovi. Sve vreme puta ćutala je i razmišljala o Stefanu. Olga je posmatrala krajičkom oka.

— I, kako ti se čini ovo veče? Šta misliš o knjizi nakon njegove priče?

— Pa zanimljiva je, pročitaću je.

Olga se nasmeja.

— Da, da, zanimljiva je.

Ušle su u stan i tek tada Sara reče:

— Kaaakooo je sladak! Nijednu reč nisam zapamtila, ali zato sam snimila svaku crtu njegovog lica i tela. Još sam pod utiskom, idem da se istuširam i legnem, a onda ću nastaviti da sanjarim o preslatkom piscu.

Nakon tople kupke, ode odmah u krevet. Pre spavanja imala je običaj da pogleda šta ima novo na Fejsbuku. Ne pogledavši novosti u pretrazi ukuca *Stefan Konstatinović*. Odmah prepozna predivan lik mladog pisca iz Prokuplja. Nakon par sekundi premišljanja posla mu zahtev za prijateljstvo. Vrlo brzo je stiglo obaveštenje da je Stefan prihvatio njen zahtev. Oglasio se zvuk nove poruke.

Dobro veče! Nadam se da ste uživali na večerašnjoj književnoj večeri. Ja sam još pod utiskom.

Prijatna dobrodošlica Vaših sugrađana je učinila da se odlično osećam, a posebno mi je prijalo Vaše prisustvo.

Prijatni žmarci prođoše joj kroz telo.

I meni je bilo divno. Uživala sam u Vašoj priči. Priznajem, to što pišete nije žanr koji čitam, ali knjigu ću svakako pročitati.

Odlično! Jedva čekam da čujem utiske. Želim Vam divne snove. Ja ću ih svakako imati.

Sara isključi internet i ušuška se u svom krevetu. Dnevnik na njenom stočiću strpljivo je čekao dalje čitanje. Te noći sanjala je Nataliju.

„Mila moja zaboravila si me. Ne čitaš moju priču. A toliko toga želim da ti kažem, što kroz dnevnik, što uživo. Čim pročitaš javi se. Čekam te...”

Sara se trže iz sna. Šta bi ovo? Uključi lampu na noćnom stočiću i uze Natalijin dnevnik.

Dan je bio predivan. Sunce se probijalo kroz grane drveća kao da nas traži, da sa nama igra žmurke. Veseo cvrkut ptica samo je poboljšao moje već dobro raspoloženje. Bila sam jako uzbuđena. Svaki sekund proveden sa mojim voljenim Milanom bio je zlata vredan.

Za tu priliku, posebno sam izabrala laganu haljinicu neboplave boje. Rub je bio oivičen teget čipkom kao i pojas oko mog vitkog struka. Čvrsto utegnuta, zahvaljujući jakim rukama moje Mare, jeste mi nedostajalo malo opuštenosti i slobodnog držanja, ali, kako je majka govorila „za lepotu se moramo žrtvovati". Odmalena su me navikavali na te haljine i midere, ali nikad se nisam potpuno navikla na njih. Sada mi nisu toliko smetali jer sam znala da tako odlično izgledam i imam dobro držanje.

Sedeli smo na konjima i polako išli jedno pored drugog. Gledao me je krajičkom oka i kao da je tražio dovoljno dobre reči da mi udeli kompliment, ali da bude fino rečeno. Zabavljala me je ta njegova nespretnost sa rečima, strpljivo sam čekala. Ispred nas bila je kućica u koju smo se sklonili od kiše onog dana. Setila sam se našeg poljupca i blago zadrhtala. Pomogao mi je da siđem sa konja, zatim je veoma vešto i brzo privezao oba. Pružio je ruku i prihvativši moju poveo me ka kući.

Unutra nas je dočekala prijatna hladovina. Otišao je u kuhinju i za par minuta izašao sa bokalom limunade i dve čaše. Osveženje nam je baš prijalo. Stala sam kraj kamina koji sada nije bio u funkciji, ali je svojim prisustvom ulepšavao prostoriju. Nežan zagrljaj oko struka ubrza mi rad srca. Osetih topao poljubac na vratu i lagano uzdahnuh. U početku bojažljivo, zatim sve smelije, ljubio me je, a ja sam mu spremno uzvraćala. Uzeo me je u naručje i odneo u spavaću sobu.

Sara zatvori dnevnik i zatvori oči misleći na Stefana. Volela bi da i ona oseti njegov poljubac na vratu. Sa tim mislima brzo utonu u san.

Alarm na telefonu prekide njene lepe snove. Ustade polako da ne bi probudila Olgu i ode u kupatilo. Nakon jutarnjeg rituala, izabra prvo šta joj je palo pod ruku i obuče se. Uze kaput, torbu i izađe iz stana. I ovog jutra odluči se za šetnju do radnje. Prijaće joj svež jutarnji vazduh da sredi svoje uzburkane misli. Prvo, razočaranje u Luku, pa oduševljenje Stefanom.

Tu je i Natalijina poruka u snu, nastavak dnevnika. Ko je uopšte ta žena? Zašto joj dolazi u san? Tera je da čita dalje, požuruje. Želi da se sretnu. Da li da je odmah potraži? Ali ne, Natalija želi da ona prvo pročita dnevnik.

Ušla je u svoju radnju i prvo uključila klimu. Ova zima je baš jaka. Mogla je da razmisli i o boljem načinu da ugreje prostor. Skuvala je kafu, uključila laptop i sela da pregleda mejlove. Prijatan miris kafe podsetio ju je na dan kad je upoznala Nikolu koji joj je doneo sto u kome je pronašla dnevnik. Da li je on znao za to? Da li da ga pozove i sazna nešto o Nataliji? Verovatno je Natalija njegova majka čim je sto bio njen. Ali, ne mora da znači. U svakom slučaju, gospođa Todorović će znati ko je Natalija i povezaće ih.

Nije imala mnogo mušterija tog dana, tako da je sve vreme sagledavala sve mogućnosti i razloge o svemu što joj se događa. Pozvala je Olgu da vidi šta radi i malo skrene misli na nešto drugo.

— Dobar dan, vrednice moja! Da li si uspela da se naspavaš?

— Nisam sigurna. Svašta mi se motalo po glavi, a najviše me je zbunilo to što sam sanala Nataliju.

— Ko je Natalija?

— To je žena koja je pisala dnevnik o kome sam ti pričala. Traži da nastavim da čitam i želi da se nakon toga vidimo. Zbunjena sam.

— Zvuči zanimljivo. Jedva čekam da i ja počnem da čitam! No, idem da napišem neke mejlove, a onda ću spremiti večeru za nas dve. Čekam te!

— Važi, hvala ti!

Prekide razgovor sa Olgom i uključi internet na telefonu. Otvorila je Fejsbuk i odmah ugledala drago lice. Stefan je objavio slike od sinoć. Pažljivo ih je pregledala i označila da joj se sviđaju, a u komentaru je napisala da je veče bilo predivno. Pokajala se zbog toga što je pisala, ali nije imala vremena da izbriše komentar jer je on odmah odgovorio zahvalivši se i potvrđujući da je i njemu bilo prelepo.

Zvono mobilnog telefona na tren joj ukloni osmeh sa lica. Ponovo Luka. Odlučila je da mu se javi.

— Halo...

— Zdravo! Izvini za ono veče. Imao sam nekih porodičnih problema.

— Kakvih porodičnih problema? — trudila se da sakrije nervozu i prećuti da je bila ispred njegovog stana.

— Znaš... nisam ti rekao. Ja sam se razveo, bio sam oženjen... ali ona ne može da prihvati da više nismo zajedno. Dolazi kod mene i pravi mi scene. To veče je bila kod mene. Znam da si dolazila i čula našu svađu, video sam te kroz prozor kad si odlazila. Potrčao sam niz stepenice, ali već si otišla. Molim te da mi oprostiš što ti nisam to rekao i da pokušamo još jednom... bez laži.

Sara je ćutala neko vreme. Da se nije pojavio Stefan možda bi pristala, ali trenutno nije imala želju da počinje vezu koja je na samom početku začinjena lažima.

— Izvini, ali nisam sigurna da bi ta veza bila kako treba. Ostavimo stvari kako jesu. Sigurno postoji dobar razlog zašto se ovo desilo na samom početku. Ko zna šta bi nam ona još napravila... Bolje je da se više ne viđamo. Ništa konkretno nismo imali. Neka tako i ostane.

Čula je samo njegov tužan uzdah i prekinula vezu.

Ostatak dana protekao je brzo. Jedna starija gospođa videla je pre par dana divnu komodu u Sarinom kutku i odmah je poželela da bude njena. Došla je sa svojim sinovima i odmah se videlo da ova stroga dama vodi glavnu reč u kući. Muž joj je umro pre desetak godina, a sinovi su još bili „u maminom krilu", poslušno radeći šta ona naredi. Satima su bili u radnji i premeravali komodu uzduž i popreko da bi napokon našli rešenje kako da je spakuju u karavan kojim su došli. Sara odahnu kad su izašli.

Pisaći sto gospođe Todorović još nije prodala. Stajao je u uglu strpljivo čekajući svog novog vlasnika. Sada ga je gledala drugim očima. Možda ne treba da ga proda?! Donela je odluku. Neće ga prodati, već odneti u stan. Odmah je pozvala Gorana da se dogovore o nošenju stola. Srećom, Goran je te večeri bio slobodan i obećao je da će doći u vreme kad zatvara radnju. Da je, kojim slučajem, imao obaveza, morao bi da ih odloži jer kad njegova sestrica nešto naumi to mora odmah da se uradi.

Nešto pre osam, Goran je stigao sa svojim karavanom. Sara mu je pomogla da natovari sto, zaključala radnju i krenuli su. Olga je videla kroz prozor da dolaze i otrčala je dole da im pomogne da unesu sto.

— Ej, ćao Olga! Od kad te nisam video — poljubi je u obraz.

— Ćao, ti se ništa nisi promenio.

— Varaš se, sigurno imam neki kilogram više — namignu joj.

Goran je često bio treći član naše družine kad je Olga dolazila kod mene. Volela ga je kao svog brata i uporno je pokušavala da mu nađe devojku. Ti pokušaji su bili bezuspešni jer je tada on želeo da izabere onu kojoj će pokloniti svoje srce.

Stavili su sto u ugao dnevne sobe, oprali ruke i seli za sto. Olga je spremila makarone sa sirom jer su svo troje to obožavali.

— Mmmm obožavam ovo! Odavno nisam

pravila da se ne bih gojila, ali ovo je specijalna prilika sa mojim dragim ljudima.

Nakon večere, Goran ih pozdravi i krenu kući. Sara spakova malo makarona Petru i u kesu ubaci njegovu omiljenu čokoladu sa keksom. Raspremila je kuhinju i oprala sudove dok joj je Olga pričala o svojim doživljajima iz Francuske.

Nakon tuširanja, Sara je otišla na spavanje. Pogled joj privuče dnevnik sa noćnog stočića. Iako umorna, reši da pročita koju stranu.

Cvrkut ptica me je probudio. Nisam znala gde se tačno nalazim. Okrenula sam se na drugu stranu i ugledala Milana kako spava kraj mene i odmah sam se setila prethodne večeri.

Gledala sam to prelepo usnulo lice. Nisam se ni na tren pokajala zbog onog što se desilo, volela sam ga. Setih se da će mojoj sreći brzo doći kraj. Već početkom sledeće godine, ako ne i u decembru, otac će me udati za Mitu. Zato ću iskoristiti svaki momenat da budem sa Milanom, od tih uspomena živeću do kraja života. Jedino tako moći ću da podnesem život sa onim čovekom. Narednih dana odvajali smo se samo noću. Čim svane, odlazila bih do Milana koji je spreman čekao sa osedlanim konjima.

Bližio se dan povratka mojih roditelja. Znala sam da tad neću moći toliko da budem sa Milanom i od te pomisli srce mi se stezalo. Mara je nešto znala iz moje priče, a dosta je i sama naslućivala čitajući mi sreću na licu.

— Mila moja, imaćeš ti sudbinu svoje majke — gledala me je tužnim pogledom.

Nisam tada shvatala šta mi govori, važno mi je bilo samo da imam sa nekim da podelim svoju sreću.

U ponedeljak ujutru, glasna sirena tatinog auta označila je kraj mojoj sreći. Radovala sam se što ih vidim, ali bila sam i tužna jer neću moći da budem ceo dan sa Milanom. Majka mi je kupila predivan svetloplavi šešir. Tata me je usput pozdravio i otišao u svoju radnu sobu.

— Mila moja devojčice, vidim da sijaš. Nadam se da je sve u redu — zabrinuto me je gledala majka.

— Naravno, bilo mi je divno!

Narednih dana smišljala sam izgovor da bih

otišla u zadnji deo imanja. Tako sam došla na ideju da bih mogla da gajim neke životinje. Tata je samo odmahnuo glavom. Sledećeg jutra doneo mi je zeca sa pijace. Bila sam presrećna, nisam više morala da smišljam izgovore, išla sam da brinem o svom zeki.

Jedno jutro, rano sam otišla kod zeca koji je bio iza konjušarnice. Jak miris balege i životinja zapahnuo mi je nozdrve i osetih mučninu. Jedva sam izašla iz štale i ispovraćala se. Milan mi je doneo čašu vode, a onda me je odveo u kuću. Danima nisam izlazila. Bila sam malaksala i imala česte mučnine.

Jedno jutro, dok je otac bio u gradu, majka pozva doktora. Posle detaljnog pregleda, doktor ode do majke i nešto joj šapnu. Ona samo klimu glavom i isprati ga do vrata.

— Desilo se ono čega sam se plašila. Zatrudnela si. Moraćemo da ubrzamo tvoju udaju za Mitu. Ne sme niko da zna da si trudna.

Kao da se cela kuća srušila na mene. Počela sam da plačem. Majka me je zagrlila i dugo njihala u naručju.

Kako su se jesenji radovi primicali kraju, tako

su pripreme za moje venčanje bile u punom jeku. Majka me je često obilazila i koristila svaku moguću priliku da bude sa mnom nasamo.

— Mila moja, ja sam imala sličnu sudbinu. Ti si u prednosti jer nosiš dete voljenog čoveka. Ono će te uvek podsećati na njega. Čuvaj se i budi pametna!

Dani su mi prolazili kao u bunilu. Milana nikako nisam uspevala da vidim nasamo.

Jednog jutra, Mara mi je donela korpu sa voćem u sobu. Pogledala me je značajnim pogledom. Odbijala sam da jedem, a ona mi je rekla da svakako moram pogledati sadržaj korpe. Ustala sam i počela da vadim voće iz korpe. Na dnu, stajalo je malo pismo. Drhtavim rukama sam ga otvorila.

„Ljubavi moja, znam kroz šta prolaziš. Sve sam čuo od Mare. Presrećan sam što nosiš moje dete. Učiniću sve za vas dvoje. Večeras te čekam iza štala. Dođi i odlazimo zajedno, zauvek.

Tvoj Milan”

Srce je počelo ubrzano da kuca. Spakovala sam najnužnije stvari i ušteđevinu koju sam imala. Nestrpljivo sam čekala mrak.

* * *

Sara se trgla iz sna, uvek se prekine kad je najlepše. Sanjala je svoju prvu promociju knjige. Knjigu je izdala pre tri meseca, ali još nije imala promociju. Sama svoj izdavač, bez dalje distribucije i reklame, bilo je teško. Jutro je bilo hladno. Sara se uvila u šal i zagnjurila glavu u kaput koliko je mogla. Topao džemper krem boje i tople braon pantalone nisu mogli da je ugreju.

Išla je u radnju brzim koracima kako bi se ugrejala i razmišljala o snu. Bio je lep osećaj. Puna sala ljudi, poznatih i nepoznatih lica koji su je oduševljeno gledali. Uzela je mikrofon i najpre se predstavila, a onda je krenula priču o knjizi. Čitala je priču koju su čitaoci najviše voleli i komentarisali. Da nije bilo alarma, možda bi i prodala neku knjigu. Svejedno, bio je to lep osećaj. Već neko vreme pisala je svoj prvi roman. Nadala se da će to biti dobra priča koju će ljudi voleti.

Ušla je u radnju i odmah uključila grejanje. Jutarnje obaveze brzo je završila, a onda sela da uživa u čarima crne kafe koju je obožavala.

Zvuk poruke na telefonu prekinu joj misli. Stefan.

Dobro jutro, izvinjavam se ako je rano. Danas dolazim u Beograd, a treba da dođem i u Pančevo da odnesem knjige u biblioteku. Da li si možda slobodna oko 12.00 časova da popijemo kafu negde u gradu?

Ništa ne može bolje da te ugreje od poruke osobe koja ti se sviđa.

Prijala bi mi kafa. Vidimo se u 12.00 časova ispred biblioteke.

Odmah je uzela ogledalo da pogleda kako izgleda. Jutros baš i nije bila raspoložena za neko posebno sređivanje, ali nije bila loša. Malo šminke i kosu će podići u rep i biće dobro. Pogledala je na sat. Tek je pola devet. Zabaviće se pretragom interneta, tražiće stari nameštaj.

U 11.45 zaključala je radnju i krenula ka biblioteci. Već je bio tamo. Crni kaput raskopčan tek da se vidi lepo odelo. Lep, nasmejan, mamio je svojim šarmom. U ruci je držao ružu.

— Dobar dan, lepa damo!

Sara blago pocrvene i pruži mu ruku.

— Dobar dan!

— Izvoli, ovo je za tebe. Pa, pošto smo na tvom terenu, koju lokaciju predlažeš?

— Evo, odmah preko puta biblioteke je picerija „Dvojka", možemo tu da odemo.

— Odlično! Idemo!

Krenuli su stojeći jedno kraj drugog. Ispod oka primetila je da je posmatra, što je natera da pocrveni.

U lokalu je bio samo jedan par sa leve strane. Sara pokaza Stefanu sto sa desne strane, kraj prozora. Složio se sa njenim predlogom. Seli su jedno naspram drugog. Unutra je bilo toplo, tako da su oboje skinuli kapute. Nekoliko minuta su sedeli u tišini i gledali se.

— Moram ti reći da si mi se svidela čim sam te ugledao na promociji. Ima nešto čarobno u tebi, neka harizma koja me je odmah osvojila.

— I ti si meni drag. Oduševio si me pričom. Tako si lepo govorio i nisi se ponavljao. Lepe rečenice, baš kao i u tvojoj knjizi. Počela sam da je čitam. Sviđa mi se tvoj stil pisanja, radnja me sve više oduševljava.

— Hvala ti! Drago mi je da je tako. Voleo

bih da te viđam. Nažalost, zbog daljine nećemo moći često da se viđamo. Ja sam iz Prokuplja.

Znala je gde živi, Olga joj je rekla. Da li bi takva veza imala neku budućnost? Ili jednostavno da se prepustiti i uživa? Da, verovatno je tako bolje. Zadovoljna odlukom koju je donela, nasmešila se.

— Kako si lepa kad se smeješ — pružio je ruku preko stola i dodirnuo njenu. Vrelina prostruja njenim telom.

— Mnogo sam čitao o Pančevu. Imate dosta znamenitosti koje bih voleo da vidim. Sviđa mi se zgrada Svilare, a i svetionici me privlače. Da li bi bila moj vodič?

— Vrlo rado! Danas bismo mogli da odemo do Svilare, a sledeći put vodiću te da vidiš svetionike.

— Odlično, slažem se.

Popili su piće i izašli iz lokala. Seli su u njegov BMW X3 plave metalik boje. Oduševila se kako spoljašnjim, tako i unutrašnjim izgledom auta. Sara mu dade instrukcije kuda da vozi i ubrzo su bili ispred Svilare.

Parkirao je auto pored puta i oboje izađoše iz

auta. Stefan na tren zastade diveći se prelepoj građevini. Sara, iako je zgradu videla mnogo puta, stade nemo je gledajući. Mnogo joj se sviđao spoljni izgled.

— Predivno izgleda! Znaš li neku informaciju o ovom mestu?

— Da, to što sam pročitala na internetu. Nekada je Pančevo bio grad poznat po proizvodnji svile. Proizvodnja je počela negde 1733. godine. Postojala su tri pogona sredinom pedesetih godina 19. veka. Kako bi ova delatnost bila bolja, sađeni su dudovi. Negde je pisalo da je 1850. godine bilo 1.738 drveta duda. Bilo je nekoliko dudara u gradu: blizu Narodne bašte, sa obe strane na putu za Vršac, duž svih važnijih saobraćajnica i u mnogim ulicama grada. Čak postoji deo grada pored železničke stanice Predgrađe koji se zove Dudara. Ova zgrada sagrađena je 1899. godine na levoj obali reke Tamiš, a stariji građani Pančeva zvali su je Galatea, po italijanskoj reči za čauru svilene bube. Svilara je prestala sa radom 1967. godine i na taj način se ugasilo svilarstvo u Pančevu. Nakon toga, tu se proizvodila sitnija tekstilna konfekcija, a početkom 1970. preusmerila se na preradu gumenih i plastičnih masa.

— Zanimljiva priča, ti si odličan vodič! Jedva čekam da čujem priču o svetionicima.

Odvezao je kući. Na rastanku je poljubi u obraz i reče da uskoro ponovo dolazi u Pančevo. Sara je ušla u stan i naslonila se na vrata zatvorenih očiju i sa osmehom na licu.

— Nešto lepo se dogodilo, vidim ja — dočeka je Olga sa osmehom.

— Da, videla sam Stefana. Stavi kafu dok se ja presvučem, pa ću ti ispričati sve.

Ispijajući kafu, Sara je prepričala Olgi susret sa Stefanom.

— I tako, sad moram da spremim priču o svetionicima za sledeći put.

Ostale su još neko vreme, zatim odoše na spavanje.

Spremna za spavanje, prilazeći krevetu, pade joj pogled na dnevnik. Udobno se smesti i uze da čita.

Ne mareći za mučninu i malaksalost, uputila

sam se ka štali. Milan je već bio tamo. Srećna, poletela sam mu u zagrljaj.

— Ljubavi moja, plašio sam se da nećeš doći. Hajde, krećemo dok neko od tvojih nije naišao.

Dok sam išla ka štali, nisam primetila da me je neko video. Kako smo izašli sa imanja, otac iskoči ispred naših kola. Konji uplašeno skočiše, ali on ih umiri.

— Kuda ste vi to krenuli, golupčići?

Sledila sam se od straha. Seo je sa nama u kola i naredio Milanu da se vrati na imanje. Od te večeri ga više nisam videla. Otac ih je izbacio iz kuće i zaposlio novog konjušara. Moj sudnji dan se približavao.

Taj 11. novembar pamtiću dok sam živa. Uplakana, ispod vela u venčanici koja me je stezala, došla sam sa ocem do oltara gde je Mita čekao. Sav ozaren, sa crvenim obrazima, smešio mi se. Pogledala sam ga kratko i spustila pogled. Ne znam šta je pop pričao, samo sam jedva čekala da se završi, da skinem venčanicu i legnem.

Kočijama smo otišli u naš novi dom. Već postojeća mučnina se povećala kad sam zakoračila u njegovu kuću. Zavrtelo mi se u glavi i onesvestila sam se. Mita me je odneo u sobu i pozvao lekara. Istina je već prvog dana izašla na videlo. Ponadala sam se da će me sad vratiti kući. Nije me bilo briga hoće li pući bruka, samo da ga se rešim. Verovatno bi se to i desilo da je slušao majku koja je istog momenta rekla da je njen sin prevaren i da me vrate roditeljima, ali Mita nije dao. Ipak, jako sam mu se sviđala i rešio je da pređe preko toga. Majka je na kraju pristala pod uslovom da ne izlazim iz kuće dok sam trudna, a kad se dete rodi da ga odnesu mojim roditeljima.

Plakala sam i bunila se protiv te odluke, ali nisam mogla ništa da uradim.

Moram da priznam, iako mi se nije sviđao, Mita je bio divan prema meni. Obećao mi je, kad odnesu dete mojima, da ću ga viđati redovno. Navikla sam se na njega i, na neki način, prihvatila sam ga. Bio mi je neka vrsta druga i saveznika u mojoj nemoći. Nije me prisiljavao ni na bračne obaveze, rekao je da je dovoljno da sam kraj njega, a vreme će učiniti svoje.

Mazila sam stomak i pričala sa svojim nerođenim detetom. Želela sam da zapamti moj glas, oseti moju ljubav i sve to sačuva za dane kada nas razdvoje. Porođaj je bio težak, trajao je satima. Iscrpljena, jedva sam smogla snage da uzmem svoju devojčicu u naručje i poljubim je. Šapnula sam joj: „Jednog dana, doći ću po tebe". Odmah su je odneli, nisam je ni podojila.

Danima sam ležala u postelji pod visokom temperaturom. Jedva sam uspela da zaustavim mleko koje je nadolazilo sve više. Slomljena, retko sam izlazila iz sobe. Mita me je obilazio i govorio mi da moram što pre da ozdravim kako bi me krišom odveo kod ćerke. Ovako bolesnu ne može da me izvodi. To mi je dalo snage i uskoro sam se oporavila, fizički. Psihički nikad više.

Prvi put kad sam je ugledala, imala je skoro mesec dana. Nežne okice gledale su me uporno. Uzela sam je nespretno u naručje. Osetivši nešto poznato i blisko, ubrzo se smirila i zaspala. Bilo mi je jako teško da se odvojim od nje.

Želja da što pre vidim svoju princezu dala mi je snagu i volju za životom. Samo o njoj sam mislila. Mita je bio divan prema meni. Slobodno vreme provodila sam pletući džempere i haljinice za moju devojčicu. S majkom sam se dogovorila za vreme kad je izvodi u šetnju. Mita bi ostavljao sve svoje poslove i išao bi sa mnom. Njegovoj majci govorili smo da idemo u šetnju.

Svakim danom moja beba je bila sve veća i lepša. Počela je da guče i da mi se smeje. Lepši osmeh nisam videla. Želela sam da zabeležim svaki trenutak proveden sa njom. Čim bih došla kući, pisala sam dugo. Svaki osmeh, njen pokret, zabeležila sam u svom dnevniku. Onda bih uveče čitala iznova i iznova. Imala sam osećaj kao da je kraj mene. Ipak, nije bila. Sve više sam želela da budem sa njom. Nisam želela ništa da propustim.

Svekrva me je pažljivo posmatrala i pitala se čemu se osmehujem dok idem kroz kuću. Jednom je rekla Miti da sam poremećena, ali da me trpi samo zbog velikog imanja mojih roditelja koje će jednog dana pripasti njenom sinu. Čula sam je dok je to govorila Miti, ali nisam obraćala pažnju. Imanje mi ništa nije značilo, mislila sam samo na svoje dete i maštala o danu kada ćemo stalno biti zajedno.

Početkom juna, osećala sam se slabo. Jutra su bila nepodnošljiva zbog mučnina i povraćanja.

Poseta lekara donela je veselje u kući, ali ne i meni. Bila sam trudna. Bila sam ljuta na sebe, bebu i sve okolo. Videvši Mtino srećno lice, pomirila sam se sa novonastalnom situacijom. To sam mu dugovala. Zahvaljujući njemu viđala sam svoje dete. Ovu trudnoću sam mnogo lošije podnosila. To me nije sprečilo da posećujem svoje čedo.

U novembru, moja lepotica je punila godinu dana. Mojom nepažnjom, svekrva je čula moj razgovor sa Mitom dok smo planirali proslavu rođendana. Besna, istog momenta je otšla kod mog oca. Bez mog znanja rešili su da je udalje od mene. Otac je pronašao Milana i dogovorio se sa njim da on uzme dete kod sebe. To me je ubilo, danima nisam izlazila iz sobe. Tešilo me je to što će biti sa svojim ocem.

Milan je bio presrećan što će živeti sa njom. Majka mu je već bila stara, a sam nije mogao da se stara o detetu. Rešio je da se oženi. Mlinareva ćerka bila je dobra devojka. Nežna, lepa, vredna i uvek bi joj se ozarilo lice kada bi Milan došao kod njih da donese žito. Mira je bila divna, nežna ženica. Bolelo me je to što je kraj mog

Milana bila druga žena, ali kad sam čula kako se ophodi prema mojoj princezi, prihvatila sam je i, na neki način, zavolela.

Majka je često odlazila u posetu mojoj devojčici. Otac je bio zauzet svojim poslovima i ona je nesmetano mogla da je posećuje. Šila joj je haljinice, kupovala šnalice, obuću i igračke.

Zima je bila jaka kad sam na svet donela prelepog dečaka. Odmah me je osvojio svojim obraščićima i krupnim očima. Bio je vragolast i zahtevao je puno pažnje. To me je donekle smirilo. Majka mi je redovno donosila vesti i slike moje mazice. Zamišljala sam dan kada ću ih zajedno gledati. Srce bi mi zaigralo pri pomisli na njihovu zajedničku igru i kako se vole najviše na svetu.

Miti sam pričala o svemu. Vremenom sam ga zavolela na neki poseban način. On mi je omogućio da maštam i planiram život sa mojom devojčicom. Godine su prolazile, ali nisam mogla da je posećujem. Nada me nije napuštala. Svaki slobodan minut, kada nisam bila sa sinom, ispunjavala sam raznim obavezama. Tako sam lakše prevazilazila sve jače nedostajanje.

Moj bol povećala je vest da se sele u Pančevo. Milan je tamo dobio dobar posao i prodali su kuću na selu kako bi kupili drugu u gradu. Znala sam da je tek sad neću videti. Nisam ništa mogla da uradim. Čak i majka je ređe išla kod moje male Srne.

Svekrva je gledala moju bol iz prikrajka srećno se smeškajući. Pravila sam se da ne vidim, nisam mogla da dozvolim da vidi kako me to pogađa. Trudila sam se da misli skrenem ka mom nestašnom dečaku i njegovim prvim nespretnim koracima. Uveče bih mu čitala priče i dugo pričala o seki pokazujući mu njene slike. Već je i on prepoznavao kad nađe njenu sliku. Uperio bi prstić u sliku, a na licu bi mu se pojavio presladak osmeh. Volela sam ga sve više i pružala mu ogromnu pažnju i ljubav. Htela sam da ima majčinu ljubav, koju Srna nije mogla da oseti. Često sam razmišljala o tome kako će me prihvatiti jednog dana kad se budemo srele. Da li će želeti da krene sa mnom? Hiljadu pitanja se nametalo, a odgovora nije bilo.

Jedno jutro Mita mi je doneo lepe vesti.

— Dobro jutro, mila moja! Vidi, imam nešto za tebe.

Govorio je veselo pružajući mi pismo. Okrenula sam poleđinu pisma i na njemu pročitala Milanovo ime. Ruke su mi zadrhtale, a srce je ubrzo počelo da lupa. Pažljivo sam otvorila pismo. Papir ispisan muškim rukopisom vraćao me je u dane sreće i ogromne ljubavi. Pogledala sam Mitu, a on mi je samo klimnuo glavom dajući znak da nastavim.

„Draga Natalija,

Izvini što ti ranije nisam pisao. Čujem da ti dobijaš informacije od majke. Naša devojčica je jedno predivno biće. Ima dugu svetlosmeđu kosicu koja se uvija u lokne. Nežna je i prelepa kao ti. Mira je divna prema njoj. Dobili smo i sina. Zbog posla morao sam da odem u Pančevo. Kad budeš mogla, dođi da posetiš našu devojčicu.

Ljubi te tvoj Milan"

Suze pokvasiše moje lice. Mita je prišao i čvrsto me zagrlio. Mnogo mi je značila njegova podrška. Loše sam se osećala što nisam mogla njega da volim kao Milana, ali trudila sam se da uvek budem dobra prema njemu i na taj način *da mu nadoknadim ljubav koju sam mu uskraćivala. Bila sam zahvalna Bogu što mi je poslao takvog čoveka. Ako već nisam mogla da budem sa mojim voljenim Milanom, bar imam čoveka koji mi pruža nesebičnu podršku i ljubav.*

* * *

Nakon par dana, Stefan je javio da dolazi u Pančevo. Sara je bila veoma uzbuđena. Njegovu knjigu je nosila na posao i čitala kad nije imala obaveza. Bila je pri kraju. Olga je morala da otputuje u Francusku zbog revije, tako da je za vreme ručka odlazila kod svojih.

— Teto, ne volim tvoju drugaricu — ljutito je izjavio Petar.

— Zašto, ljubavi moja? — nasmeja se Sara malom mrgudu.

— Dok je ona bila tu, nisi dolazila svakog dana. Reci joj da više ne dolazi!

Svi se glasno nasmejaše na njegove reči.

Za vreme ručka Goran upita sestru za dnevnik.

— Pri kraju sam čitanja. Sve više mi se sviđa ta Natalija i njena priča. Želim da je upoznam.

Na pomen Natalijinog imena majka se strese.

— Saro, mislim da je vreme da razgovaramo. Ovaj razgovor smo trebale da obavimo još dok ti je otac bio živ, ali on je sve odlagao kako te ne bi povredio... — ozbiljan majčin ton privuče joj pažnju.

— Mama, o čemu se radi? — sa strepnjom je upitala.

— Milan je tebe dobio sa drugom ženom. Nažalost, ja ti nisam prava majka iako te volim kao i Gorana, uopšte ne pravim razliku. Tvoja majka je Natalija Todorović, žena čiji dnevnik čitaš i koja ti je prodala sto.

Sara ispusti viljušku kojom je jela kolač.

— Ne mogu da verujem. To sigurno nije tačno. Njena ćerka se zove Srna.

— Kad smo došli u Pančevo, Mitina majka je naredila da ti promenimo ime kako te Natalija ne bi lako našla. Milana nije mogla da nađe jer je bio prijavljen na drugoj adresi. Dali smo ti ime Sara, ali tvoje pravo ime je Srna.

Sara je ustala od stola i krenula ka vratima. Majci su krenule suze. Plašila se da će je izgubiti, ali bolje da joj ona kaže nego da sazna od Natalije.

Otišla je pravo kući, nije mogla da se vraća u radnju, nije imala snage. Dugo je sedela kraj prozora i razmišljala o svemu. Uzela je telefon i pozvala majku.

— Mama, izvini što sam onako izletela, ali bila sam jako zbunjena. Mnogo te volim i ni za šta ne krivim ni tebe ni tatu. Imala sam predivno detinjstvo. Gorana obožavam, a sad znam da imam još jednog brata, Nikolu. Doći ću sutra kod vas da mi na miru sve ispričaš. Šta god da se desi, ti si moja majka i nikad nemoj misliti da ću ti okrenuti leđa. Volim te, mila moja majčice!

Obe su plakale. Prekinule su razgovor uz dogovor da će se videti sutra.

Sad je Natalijin dnevnik čitala sa više pažnje i iz drugog ugla. Na poslednjim stranama dnevnika pročitala je upravo to što je čula od majke. Čim je završila čitanje, pozvala je Nikolu i rekla mu da želi da upozna Nataliju.

— Očekivao sam tvoj poziv i oboje se radujemo susretu. Majka te poziva u nedelju na ručak u našoj kući.

— Hvala na pozivu... bato. Vidimo se!

* * *

Sara je pre Stefanovog dolaska čitala na internetu o svetionicima kako bi ga dočekala spremna. Prišao je i nežno poljubio. Na trenutak se zbunila, ali već sledećeg trena prepustila se njegovom zagrljaju i poljupcima.

— Sad, dragi vodiču, idemo do svetionika!

Sam pogled bio je predivan.

— Šta imaš da mi kažeš o ovoj lepoti?

— Ove predivne kule sagrađene su 1909. godine, proglašeni su za spomenike kulture od velikog značaja 2003. godine. Nekoliko puta pretila je opasnost narušavanja, pa su rađene rekonstrukcije. Sanacija kula počela je 2006. godine. Unutrašnjost je mala, može stati svega dvoje-troje ljudi. Oni su jedini par svetionika na čitavom delu toka Dunava i zbog toga su jedinstveni u čitavoj Evropi.

— Zanimljivo! Predivni su.

Priđe joj, zagrli je i krenuše ka kolima.

— Eh, ovo je tek jedan deo onoga o čemu mogu da ti pričam. Imamo najstariju pivaru na Balkanu, Vajfertova pivara. Osnovana je 1722. Radila je do 2008. godine, kad je otišla u stečaj. Pančevo je poznato i kao filmski grad. Tu su snimane scene za *Ko to tamo peva*, *Skupljači perja*, *Maratonci*, *Balkan ekspres*...

— Dobro, dobro... Ostavi nešto i za sledeći susret — privuče je u zagrljaj i poljupcima ućutka.

* * *

U nedelju je ustala veoma rano. Uzbuđena jer će upoznati Nataliju, nije mogla dugo da zaspi. Spremila se i oko 11.00 časova videla Nikolin auto ispred zgrade.

— Zdravo! — pozdravila je brata i sela u auto.

Do imanja im je trebalo pola sata. Pričali su o svemu, samo ne o onome zbog čega idu tamo. Imanje je zaista bilo veliko. Ušli su kroz veliku gvozdenu kapiju i, vozeći se putem oivičenim drvećem, stigli do kuće, možda je bolje reći zamka.

Na vratima je stajala žena u dugoj bordo haljini, kratke plave kose, sa nežnim licem ozarenim osmehom i dozom straha od neprihvatanja. Sara je izašla iz auta i sporim korakom, gledajući ženu, prilazila vratima.

— Dobro mi došla, mila moja! — pružila je ruke ka devojci.

Sara je išla polako ka njoj boreći se sa raznim osećanjima, a onda se osmehnu i zagrli majku. Dugo su stajale tako, zatim se Natalija udalji pažljivo posmatrajući lice svoje ćerke koja joj je toliko nedostajala svih ovih godina. U Sarinim očima videla je svoju malenu devojčicu i setila se nestašnih loknica sa slika koje je dobijala od majke, a posle i od Milana. Tih nekoliko trenutaka bilo je dovoljno da joj čitav život prođe pred očima. Shvativši da je sad zaista pred njom njeno čedo, privuče je ponovo u zagrljaj i pusti suze olakšanja. Nikola ih je posmatrao sa strane ne želeći da kvari taj dugoočekivani trenutak. Onda majka poljubi Saru u kosu i pozva nju i Nikolu u kuću.

Ručak je protekao u veselom razgovoru jedne porodice. Kao što je i mislila, Nikola je zaista divan mladić i veoma lako će ga zavoleti. Verovatno ne kao Gorana, brata po ocu. Međutim, one dečje vragolije sa Goranom nikad ne može imati sa Nikolom. Volela je Miru. Ceo život joj je bila divna majka i nikada nije osetila da joj ona nije biološka majka. Nataliji nije mogla da zameri što nije bila sa njom. Ipak, to je bila odluka drugih ljudi. Važno je da su sada svi na okupu.

Nakon ručka, poslepodnevnog druženja i večere, Nikola ju je odvezao kući. Zahvalila je Nataliji na divno provedenom danu uz obećanje da će se uskoro videti.

Ujutru je odmah pozvala Miru i pričala joj o susretu sa Natalijom. Tog dana je otišla na ručak kod njih.

— Teto, mislio sam da opet nećeš doći — skoči joj u zagrljaj Petar čim je došla.

Telefon joj zazvoni i izmami joj osmeh na lice kad ugleda Stefanovo ime. To nije promaklo Petru, a ni ostalim ukućanima. Nakon završenog razgovora, Petar ju je zadirkivao.

— Teta se zaljubila, teta se zaljubila...

— Ej ti, mali mangupe...

— Da li mi se čini da imaš nešto lepo da nam kažeš? — upita majka.

— Pa, da. Upoznala sam jednog divnog dečka iz Prokuplja. Dolazi u Pančevo često i tad se viđamo. Sad me je zvao i rekao da dolazi večeras. Zove se Stefan.

— Izgleda da ću uskoro dobiti zeta i zamenika za nošenje teških stvari, kao i za razne popravke — nasmeja se Goran.

— Pa bato, ko može bolje od tebe da radi? — priđe bratu i čvrsto ga zagrli. — Sad izvinite, moram da odem kući da se spremim. Vidimo se, mili moji.

Petar čvrsto zagrli tetku i svi je ispratiše do vrata.

Čim je ušla u stan otišla je da se istušira, a onda odabra lepu teget haljinu i kosu pusti da joj pada u talasima preko ramena. U 20.00 časova izađe iz zgrade. Stefan je već čekao oslonjen o auto. Bio je prelep. Oboje su hipnotisano gledali jedno u drugo. Stefan iskorači ka njoj i zagrli je ljubeći joj kosu. Topla struja prođe im kroz tela. Nakon par trenutaka se razdvojiše i uđoše u kola. Ne pitajući za mesto, uputio se ka restoranu na obali Tamiša.

Iako je atmosfera bila veoma prijatna, oni nisu ni osetili tu atmosferu jer su gledali samo jedno u drugo. Nakon večere, uzeli su bocu vina i nazdravili. Sara je blistala. Odjednom, sve kockice su se složile. Saznanje da ima još jednu majku i brata, kao i da je pronašla čoveka koji joj odgovara, učinilo je da bude srećna kao što dugo nije bila. Podigla je čašu da nazdravi novoj ljubavi i novoj porodici.

O AUTORU

Sanja Trninić rođena je 5.2.1977. godine u Pančevu, gde i danas živi sa porodicom. Radi kao knjigovođa u knjigovodstvenoj agenciji. Piše pesme i kratke priče.

Godine 2008. izdala je knjigu pesama *Kontrola uma*. Od 2017. godine piše kratke priče.

Početkom 2020. izdala je knjigu *Dnevnik moje mašte* koju čini 67 priča, a u septembru 2022. izdat joj je roman *Tragovi prošlosti* koji je pisala sa drugaricom Vesnom Stražmešterov.

Priče i pesme objavljuje na svojoj stranici Sanjino ćoše i u grupi Dnevnik moje mašte.

Član je Saveza književnika u otadžbini i rasejanju.

Uživa u knjigama i svom svetu mašte.

Sanja Trninić
PRODAVNICA STARIH STVARI

London, 2024

Izdavač
Globland Books
27 Old Gloucester Street
London, WC1N 3AX
United Kingdom
www.globlandbooks.com
info@globlandbooks.com

Naslovna fotografija
Jazmin Quaynor
(https://unsplash.com/photos/
white-wooden-cabinet-near-table-
inside-room-MbY_q6A7lK0)

www.ingramcontent.com/pod-product-compliance
Lightning Source LLC
Chambersburg PA
CBHW070448170726
48291CB00005B/1662